Márcia S. Pereira

Quando você (não) partiu

Copyright© 2022 by Literare Books International
Todos os direitos desta edição são reservados à Literare Books International.

Presidente:
Mauricio Sita

Vice-presidente:
Alessandra Ksenhuck

Diretora executiva:
Julyana Rosa

Diretora de projetos:
Gleide Santos

Capa, diagramação e projeto gráfico:
Gabriel Uchima

Revisão:
Evelise Paulis

Relacionamento com o cliente:
Claudia Pires

Impressão:
Gráfica Paym

Dados Internacionais de Catalogação na Publicação (CIP)
(eDOC BRASIL, Belo Horizonte/MG)

P436q Pereira, Márcia S.
Quando você (não partiu) / Márcia S. Pereira. – São Paulo, SP: Literare Books International, 2022.
14 x 21 cm

ISBN 978-65-5922-269-8

1. Ficção brasileira. 2. Literatura brasileira – Romance. I. Título.
CDD B869.3

Elaborado por Maurício Amormino Júnior – CRB6/2422

Literare Books International.
Rua Antônio Augusto Covello, 472 – Vila Mariana – São Paulo, SP.
CEP 01550-060
Fone: +55 (0**11) 2659-0968
site: www.literarebooks.com.br
e-mail: literare@literarebooks.com.br

PREFÁCIO

É uma honra e um grande prazer poder estar aqui escrevendo o prefácio deste livro, que é um grande diário do despertar. Percorrer estas páginas me colocou frente a um inquestionável sentido de pertencimento e de propósito de viver a partir de uma consciência maior, com toda a amplitude que nos é possibilitada nesta experiência humana. Ser humano desperto para a grande consciência amorosa.

Meu primeiro contato com a Márcia foi em 2013, quando já se vislumbrava uma buscadora corajosa. Ela buscou o Processo Hoffman para olhar para a própria história nos detalhes emocionais, contemplando a sua forma de sentir, pensar e agir em todos os equívocos que a amarraram, prenderam e a levaram a repetir situações desafiadoras.

Foi um movimento de coragem. Requereu coragem olhar para si. Requereu coragem para se dar o direito de ver a sua própria história com outras lentes, que irão ampliar a sua percepção a ponto de lhe mostrar o que pode e deve ser passado a limpo.

Assim como este livro irá pedir a você, a jornada em que Márcia embarcou quando decidiu se conhecer pediu a ela um esforço de expansão e abertura. É preciso se abrir para ampliar o espaço de investigação que antecede o novo. É na firmeza do sentido de olhar para nossos aprendizados que nos tornamos aptos a liberar o medo, a culpa, o ressentimento e o desamor.

Para embarcar numa jornada espiritual, numa jornada com significado, é preciso criar a liberdade para viver o que veio para ser vivido: o Amor.

Costumo dizer que o caminho do autoconhecimento é devagar e sem pausa, porque não é possível saber de si rapidamente ou finalmente. A liberdade concedida ao nosso caminho como Seres Humanos sempre traz consigo novas situações que, por mais complicadas e angustiantes que possam ser, acabam por nos mostrar com maior nitidez as partes que ainda não reconhecíamos como necessárias de serem passadas a limpo.

É preciso aceitar a si mesmo. Aceitar tudo e todos que o trouxeram ao aqui e agora. Aceitar sua mãe, como ela se apresenta, e se libertar do medo. Aceitar o seu pai, como ele se apresenta, e se libertar da culpa.

A liberdade restaura. A liberdade cria. A liberdade nos recorda da nossa capacidade inata de experimentar.

Abrir os sentidos, ver, ouvir, sentir e saber.

Olhar para si mesmo e para o mundo sem medo.

Experimentar o Amor. De ser.

Sempre é possível ir mais longe.

Saber mais, limpar os canais, passar a limpo, soltar, desapegar e fluir.

Jaime Bertolino,
Diretor terapêutico do
Instituto Hoffman do Brasil e de Portugal.

AGRADECIMENTOS

Dedico este livro a todas as pessoas que não se permitem abater pelos percalços da vida e que conseguem fazer da jornada uma aventura instigante. Não é fácil encarar certos momentos, mas são eles que nos tornam humanos!

Este trabalho tem um reconhecimento especial a todas as pessoas que enfrentam suas dores e perdas com dignidade, e olham a si próprias com mais autocompaixão. Desejo que façam um excelente uso deste livro e que ele colabore para que suas sombras sejam sanadas de forma leve e que, assim, as suas vidas se tornem suaves.

Quero iniciar agradecendo a você que, como eu, resolveu mergulhar em seu mundo, em sua história. Resolveu acolher cada etapa, ter um olhar mais profundo trazendo luz e cura para cada momento, por mais difícil que tenha sido. Você foi a minha inspiração!

Gratidão ao meu pai Liliu, por ter sido um farol em minha vida, mesmo quando eu não consegui enxergar. À minha mãe, por ter sido um modelo de força, humildade e de total entrega a mim e a meus irmãos.

Aos meus amados irmãos Franci, Helinho, Mara, Solange e Naná, pelo apoio, união e amor incondicional.

Aos familiares da Sagrada Família e a minha prima Glenda, pelo apoio no pré e pós-cirúrgico.

À equipe cirúrgica e, em especial, ao Dr. Jair Raso pela competência.

À equipe da Rede Sarah de Reabilitação de Belo Horizonte, pela dedicação e energia incrível.

Um agradecimento especial a minha Fagulha Divina que sempre esteve aqui, mas que despertou com essa experiência e assumiu de vez o comando da minha vida. Ela me fez enxergar o tamanho da minha força e resiliência.

E, claro, a Deus que está presente em cada segundo da minha jornada.

SUMÁRIO

CAPÍTULO 1: A SALA DE CIRURGIA 9

CAPÍTULO 2: A INFÂNCIA 17

CAPÍTULO 3: A ADOLESCÊNCIA 29

CAPÍTULO 4: A PRIMEIRA RELAÇÃO 37

CAPÍTULO 5: A FACULDADE 55

CAPÍTULO 6: A SEGUNDA RELAÇÃO 65

CAPÍTULO 7: A TERCEIRA RELAÇÃO 75

CAPÍTULO 8: A QUARTA RELAÇÃO 91

CAPÍTULO 9: A CIRURGIA 121

CAPÍTULO 1: A SALA DE CIRURGIA

CENA 1

— Pi... pi... pi...
Sons de equipamentos de UTI.
"O que é isso? Onde eu estou?"
Sinto meus olhos pesados e meu corpo numa cadeira.
"Mas que sensação estranha."
— Pi... pi... pi...
"Será um sonho?"
Abro os olhos.
Estou sentada com uma roupa azul e vejo nuvens de fumaça saindo do chão. Está tudo embaçado.
Abro e fecho os olhos, espremendo-os com força.
Balanço a cabeça.
— Pi... pi... pi...
Olho para os lados e vejo o meu corpo numa mesa de cirurgia.

Médicos ao meu redor.

"Eu morri?"

Meu coração acelera e eu sinto que paro de respirar.

— Pi... pi... pi...

"Socorro!"

Presto atenção a um médico mexendo na minha cabeça. Quer dizer, na cabeça que está sobre a mesa e não na minha, na cadeira.

Sangue! Enfermeiros!

— Pi... pi... pi...

"O que está acontecendo?"

Eles se movimentam e falam entre si, mas eu não ouço nada.

"Se eu morri, por que não me socorrem? Eu quero voltar!"

— Pi... pi... pi...

"Eu morri, meu Deus, é isso? É assim que se morre?"

— Márcia!

Meu coração dispara.

"Eu conheço essa voz. De onde ela vem?"

— Pi... pi... pi...

— Márcia!

Não tenho coragem de procurar.

— Márcia!

Meus olhos se enchem de lágrimas.

Eu abaixo a cabeça, fecho os olhos e aperto as mãos nos braços da cadeira.

— Márcia!

Choro compulsivamente.

Não é o medo de olhar e saber se ele veio me buscar ou não, mas uma dor que explode dentro de mim.

"Quanta dor, meu Deus..."

— Márcia!

O som ao meu redor vai ficando cada vez mais baixo.

— Pi... pi... pi...

Escuto o meu choro e um respirar cada vez mais difícil.

— Pi... pi... pi...

"Eu estou indo embora? É isso?"

— Márcia!

"Eu procurei por você a minha vida inteira."

Levanto a cabeça.

— Márcia!

"E agora eu vou te encontrar aqui? Assim?"

— Márcia!

Com o rosto molhado em lágrimas, crio coragem e abro os olhos.

Silêncio absoluto.

— Pai?

CENA 2

De olhos abertos, vejo meu pai sentado à minha frente.

"Mas que lugar é este?"

Olho ao meu redor e me sinto ainda mais confusa.

Duas cadeiras: uma minha e outra dele. Nuvens de fumaça e nada mais.

— Oi, filha!

Lágrimas correm novamente em meu rosto.

Respiro e não movimento nenhum músculo do corpo.

"Onde foram parar os médicos e aquilo tudo?"

Meu pai sorri e me olha com ternura.

Eu abaixo a cabeça e choro mais uma vez.

— Márcia, minha filha...

Levanto o rosto e olho para ele.

"Mas ele está exatamente igual..."

— Pai...

— Filha.

Fungo o nariz.

— Eu morri?

— Ainda não.

Levanto as sobrancelhas e de alguma forma me sinto calma.

— Então eu vou morrer?

— Depende, Márcia.

Eu o encaro, tentando compreender o que está acontecendo.

— Depende do que, pai?

— Do que você acha que é morrer, filha.

Eu fico em silêncio por alguns segundos, observando meu pai, sua camisa cinza, o bigode, a testa alta, apesar do cabelo cheio, o nariz bem torneado, lábios bonitos e as sobrancelhas levemente falhadas no final.

"Mas como pode ele ainda estar tão jovem? Eu estou mais velha que ele agora..."

— Como você está, minha filha?

— Que lugar é este, pai?

Ele segura o rosto com uma das mãos, com o cotovelo apoiado na cadeira.

— É o lugar do meio, Márcia.

— O lugar do meio?

— É.

— Hum...

— E os médicos e o meu corpo que estavam aqui? Onde foram parar?

— Ainda estão aqui, Márcia, só que em outra dimensão.

Eu olho, desconfiada, tentando me lembrar do que aconteceu antes de eu estar aqui.

— Eu me lembro que iria fazer a cirurgia.

— Sim, para remover o cavernoma de sua cabeça.

— É.

Eu suspiro.

Por algum motivo, não sinto necessidade de me movimentar ou de compreender o que está acontecendo.

"Que paz é essa?"

— O tempo parou, pai?
Ele sorri.
— É... ele para de vez em quando.
Entorto meu pescoço e fico admirando sua imagem.
"Faz tanto tempo..."
— Eu senti tanto a sua falta, pai...
— Eu sei, filha. Eu sei...
Ele inclina seu corpo para frente e segura as minhas mãos.
— Por que você foi embora tão cedo?
Eu choro.
— Você tem que parar de me culpar, Márcia.
— Mas eu não culpo você, pai.
— Sem saber, você culpa, filha, todos os dias...
Eu não respondo.
— Você não aceita.
— E como eu poderia aceitar? Eu tinha seis anos, pai. Seis anos...
Ele enche o peito de ar e solta, ao mesmo tempo em que larga as minhas mãos.
— Há coisas na vida que não podemos entender no momento em que elas acontecem. E a nós, só cabe a aceitação. O entendimento vem depois.
— Depois quando, pai?
— A vida, filha, só faz sentido com o tempo...
Eu respiro e sinto essa sensação nova, que desconheço,

mas que me envolve e me faz querer permanecer aqui. "Para sempre."

— Para sempre, Márcia?

— Oi? Você consegue ouvir o que estou pensando?

Meu pai ri.

— Sim.

"Eu não me importo. Gosto de estar aqui!"

Ele ri mais uma vez.

Eu fecho os olhos e sinto um bem-estar que nunca senti antes.

Abro os olhos.

— Então é assim que é morrer, pai?

— Você não morreu ainda, Márcia.

— Mas se for assim, eu quero morrer. Não quero mais voltar.

Meu pai cruza as pernas e põe as mãos cruzadas sobre o joelho.

— Estamos aqui para conversar.

Agora sou eu que rio. E nem sei por quê.

— Sobre o que iremos conversar, pai?

— Sobre você!

CAPÍTULO 2:
A INFÂNCIA

CENA 3

Eu não sei como, mas tudo muda de lugar.
"Ou eu mudei de lugar?"
— Nada mudou de lugar, filha.
— Então nós mudamos, pai?
— Também não.
— Eu não entendo.
— Márcia! Não precisa entender.
Eu balanço a cabeça e olho esse novo entorno, que não sei de onde veio.
— Reconhece este lugar?
— Sim.
Estamos na fábrica onde meu pai trabalhava quando eu era criança.
Não tem ninguém.
"Tudo parece mais velho agora."

Eu caminho ao lado do meu pai.

"Parece uma trajetória a ser feita. Eu simplesmente sinto que tenho que fazer isso."

— É isso mesmo, filha.

Eu olho para ele.

"Tão jovem agora. Menor do que eu lembrava."

— Está me chamando de baixinho?

Eu rio.

Passo a mão sobre as prateleiras e caminho.

Meu pai caminha com as mãos entrelaçadas para trás e assoviando, como gostava de fazer.

— O que nós viemos fazer aqui, pai?

— Do que você se lembra estando aqui?

Eu paro por um instante.

— Do dia em que você inventou uma nova receita de iogurte e estava feliz com isso.

Ele ri.

— E o que mais, Márcia?

Eu fecho os olhos.

Suspiro.

CENA 4

Eu abro os olhos e estamos no carro velho do meu pai.

— Mas isto é impossível, este carro nem existe mais.

Meu pai cai na gargalhada.

— Isso só pode ser um sonho. Que doideira.

Meu pai para de rir e me olha com ternura.

— Você está gostando do sonho, filha?

Eu entorto a cabeça e fico pensando.

— É... estou.

Meu pai liga a lata velha e, não sei como, aquilo funciona.

Ele dirige por ruas e estradas de Minas Gerais, por onde a gente morava. Mas não é como as coisas são agora. É tudo como antes.

"Que sonho doido. Mas é bom."

Eu sinto o vento bater em meu rosto e fico vendo meu pai dirigindo; olho para fora, olho para ele de novo.

"O tempo parou mesmo. E essa paz, meu Deus? Se isso é morrer, eu quero morrer para sempre."

Meu pai segue por várias praças e ruas por que tanto passamos quando ele ainda era vivo.

— Eu nem me lembrava de tudo isso, pai.

— Eu sei, filha. Eu sei.

Ele para o carro de repente e me olha.

— Nós vamos para outro lugar agora.

Eu olho desconfiada.

— Para onde nós vamos, pai?

Ele suspira.

— Feche os olhos.

Eu nem pisco.

Ele ri.
— Você não confia em mim, Márcia?
Continuo sem piscar.
— Márcia.
— Tá bom.
Eu fecho os olhos.

CENA 5

Agora eu me percebo em pé.
Abro os olhos e vejo meu pai no caixão, no dia de seu velório.
"Ainda bem que tem essa paz, que não sei de onde vem."
Olho para o lado e meu pai está comigo, de braços cruzados, olhando para si mesmo no caixão.
— É uma piada, pai?
Ele balança a cabeça.
— Claro que não.
E continua olhando para si mesmo morto.
"Mas que coisa mais estranha."
— Você viu a camisa que me vestiram no meu último dia?
Eu olho e fico de boca aberta.
— O que é que tem?
— Eu não gostava desta camisa.
— Pai?
Ele ri.

— Por que estamos aqui?

— Você não entende, Márcia?

— Não.

Damos alguns passos e, mesmo com várias pessoas a nossa volta, fica claro que ninguém nos vê.

Vejo minha mãe, meus irmãos e a mim mesma quando era pequena.

— Olhe para você!

Eu sinto um nó na garganta.

— Estou olhando.

Algumas lágrimas caem em meu rosto.

Meu pai me observa, tanto na versão adulta quanto na infantil.

Eu olho para ele.

— Por que tudo isso, pai? Por que estamos aqui?

— Olhe para ela!

Eu me sinto confusa.

— Olhe para ela!

Eu olho para mim mesma, tão pequena, frágil, sem nenhum entendimento sobre a vida.

— Ela está triste – eu digo.

Meu pai respira e cruza os braços.

— Você tem que ajudar essa pequena criança a se libertar do peso que ela carrega.

— Pai, essa criança não existe mais. Sou eu que existo agora.

Ele balança a cabeça em sinal de negação.

— Ela existe sim, mais do que nunca.
— Onde, pai?
Pela primeira vez, percebo seus olhos brilhantes.
— Dentro de você!
Eu abaixo a cabeça e respiro profundamente.

CENA 6

Não foi preciso nem piscar.
Do nada, tudo mudou.
"Isso aqui está ficando muito louco."
Eu me vejo sentada em nossa antiga casa, na sala, observando minha mãe, meus irmãos e a mim mesma.
Eu olho para o meu pai, que está em pé ao meu lado.
— Sete filhos, pai! Você deixou a minha mãe com sete filhos...
Ele resmunga.
— Está vendo como você me culpa?
"É verdade."
Ele dá um sorrisinho de canto, todo sarcástico e começa a andar pela sala.
Ninguém nos vê nem nos ouve.
— Por que estamos aqui, pai?
— O que você acha, Márcia?
— Eu não sei.
Abaixo a cabeça e fico pensando.

"Duas crianças a mais."

— Não são a mais, Márcia.

"Ops! Esqueci que ele lê meus pensamentos."

Eu olho para ele e sinto raiva.

— Como não são a mais, pai? Você e minha mãe tinham cinco filhos. Você adota mais duas meninas e morre? É isso?

Ele ri mais uma vez.

— Está vendo como você me culpa?

"Cara..."

— Não fale palavrão, Márcia.

Eu me irrito e me calo.

"Não ia falar, ninguém mandou você entrar na minha cabeça."

Ele me olha sério.

— Apenas observe.

Eu olho para todos na sala.

— E sinta, Márcia.

Eu encho o pulmão de ar e me acalmo.

Olho para cada um que está ali.

Meus olhos se enchem de lágrimas.

— É doloroso, não é?

— Por que estamos aqui, pai? Por que eu tenho que estar aqui?

— Você ainda não entendeu, filha?

— Não!

Ele põe as mãos na cintura e olha para a minha mãe.

— Vamos embora!
— Assim, sem mais, nem menos?
— É, filha.
— É... você foi embora assim, sem mais, nem menos.
— Márcia!
— Quê?
— Pare de me culpar!

CENA 7

Eu respiro. É tudo o que faço aqui onde eu estou, seja o que for: um sonho, a morte, um delírio, mas é bom. Quero continuar aqui.

Procuro meu pai em meio a uma escuridão em que estou agora.

— Pai?

Sinto sua mão segurar meu pulso.

— Calma.
— Por quê?
— Espere.

Eu não enxergo nada.

— Ele já vai acender a luz, Márcia.
— Ele quem, pai?
— Seu irmão.

Eu abaixo a cabeça e movimento os dedos dos pés no chão.

"Mas eu estou descalça?"

— Só agora você percebeu?

Ele ri.

— Você não precisa de sapatos aqui.

A luz se acende.

Um abajur velho ilumina o rosto do meu irmão, ainda criança.

Eu fico olhando.

"Não lembrava dele assim."

— Olhe!

— Por quê?

— Apenas olhe!

Meu irmão se senta na cama e esconde o rosto contra os joelhos. Coloca o travesseiro em cima de sua cabeça, para que ninguém escute seu choro.

Imediatamente, eu começo a chorar.

Meu pai segura a minha mão.

— Está vendo como ele sofre?

Eu olho para meu pai e sinto a bochecha se molhar mais uma vez.

— Por que estamos aqui, pai?

— Você não foi a única a sofrer, Márcia.

— Não, pai. Foram eu e mais sete pessoas, só isso.

— Márcia.

Eu olho irritada para ele. Ele rebate.

— Pare de me culpar.

Eu resmungo.
"Acho que ele tem razão."
Ele me olha e dá o sorrisinho de canto.
"Pare de entrar na minha cabeça também!"
Ele ri.

CENA 8

Em segundos, estamos novamente na sala da casa.
Barulho de máquina de costura.
Olho minha mãe costurando e chorando ao mesmo tempo.
O pé firme no pedal da máquina de costura, enquanto ela enxuga o rosto com uma parte da blusa.
— Por que estamos aqui, pai?
Ele não responde.
Tem o olhar fixo em minha mãe.
"Será que sente pena?"
— Sinto saudades!
Eu olho em seu rosto e posso sentir sua emoção.
Volto a observar a minha mãe.
"Coitada."
— Não pense assim, sua mãe sempre foi forte.
— Eu sei.
Dou dois passos em direção a minha mãe.
Fico olhando seus paninhos ao lado da máquina e suas coisinhas, todas bem arrumadas.

— Sete filhos, pai... Você deixou minha mãe, que era uma dona de casa, com sete filhos para cuidar. Sozinha.

— Está vendo, Márcia?

— O quê?

Ele sorri.

— Preciso mesmo dizer?

"Pare de me culpar."

— Exatamente.

— Ela teve que vender tudo o que você deixou.

— Eu sei, Márcia.

— Ela não sabia assinar um cheque, pai!

— Eu sei, Márcia.

Ele me olha sério.

— E mesmo assim você se foi?

Ele balança a cabeça para os lados.

— Olha o medo, que ela ficou, de não conseguir cuidar dos filhos, de pagar todas as contas.

— Eu sei, Márcia.

Eu sinto raiva e pena.

— E por que você carregou o mesmo medo que a sua mãe, Márcia?

— Como assim, pai?

— Você carrega exatamente o mesmo medo que ela até hoje.

Eu engulo seco e arregalo os olhos. "É verdade. É igual."

Não respondo.

— Não precisa responder.

Eu olho para o chão e volto a olhar para a minha mãe.

— Só é preciso que você entenda, que você perceba algumas coisas.

— Não sei.

— Se abra para entender.

Ele se vira na direção contrária à minha mãe e começa a caminhar.

— Vamos embora.

— Para onde?

— Apenas venha.

CAPÍTULO 3:
A ADOLESCÊNCIA

CENA 9

Foi apenas um passo, mas o cenário mudou.

Estamos numa festa de adolescentes.

"Que engraçado!"

Música dos anos oitenta.

Meu pai faz uns movimentos engraçados como se fosse uma dança.

Eu rio.

— Tem que aprender a dançar primeiro, pai.

Ele dança mais ainda e me puxa para dançar com ele.

Fazemos alguns movimentos e rimos muito.

— Por que estamos aqui, agora, pai?

— Olhe lá no fundo do salão. Não se lembra deste lugar?

Eu caminho olhando para as pessoas e para o lugar.

Vejo alguns amigos do tempo de escola, mas não tenho certeza sobre este lugar.

— Não lembro daqui.

Meu pai aponta o dedo para o fundo do salão.

— E lembra daquela pessoa encostada na parede?

Meu corpo se enrijece e não consigo mais dar nenhum passo.

A música some.

Sinto meu coração batendo, apenas.

Eu me reconheço no fundo do salão, encostada na parede, me sentindo absolutamente sozinha.

— Márcia!

Não consigo responder.

— Márcia!

Eu respiro e olho para o meu pai.

— Por que estamos aqui? O que eu tenho que aprender com isso?

— Olhe para ela.

— Mas, como assim, ela? Sou eu!

— Exatamente! Olhe para você!

Eu dou mais dois passos e me aproximo da minha versão adolescente.

"É como se eu pudesse sentir e pensar como ela."

— Eu sei, filha. Faça isso.

Eu me sentia tão sozinha...

Olho para o meu pai e falo:

— Mas eu não era feia e magra como achava que era.

Meu pai suspira.

— Ótimo. Que bom que está percebendo isso agora.

Eu olho para ela, e olho para meu pai novamente.

— Pai! Eu era linda!

Meu pai ri.

— Está vendo como sofreu à toa?

— Eu era linda, pai.

Eu me percebo de boca aberta, admirando minha aparência de menina.

Magra, sofri tanto *bullying*, mas tinha a aparência que tantas sonham ter agora.

— É verdade, filha. Que bom que percebe isso agora.

Eu olho para mim mesma, triste, cabisbaixa, cheia de pensamentos negativos, e volto a olhar para meu pai.

— Como eu faço para dizer a ela que não é assim? Ela é bonita, pai. Ela tem que saber.

Meu pai entorta a cabeça para o lado.

— Se ela souber agora, já é o bastante.

Eu engulo seco.

— O que quer dizer?

— É o bastante, Márcia, que você saiba.

Meu pai me estende a mão.

Eu olho.

— Vamos?

— Acabou? É só isso?

— Aqui é!

Seguro a mão do meu pai.

CENA 10

É como dar um passo ou num piscar de olhos.
Tudo muda.
Chegamos numa praça.
"A turma do balão mágico."
Eu não consigo conter o sorriso de orelha a orelha.
Olho para meu pai e ele está rindo.
— Saudades da sua turma?
— Muita.
— Olhe eles lá.
Eu faço um gesto, perante meu pai, que parece o de uma criança.
Entrelaço as mãos ao contrário na frente do meu corpo e me balanço.
— Vai! Vai! Vai, lá! Por isso estamos aqui!
A minha roupa mudou.
Eu estou com uma saia longa, alaranjada, uma blusa de alcinha preta, um cinto largo e chinelos rasteirinha.
"Que engraçado."
— É como você se sente, Márcia.
Eu rio e caminho até a minha velha turma.
"Ai, meu Deus! O Carlos!"
Meu coração acelera.
"O que é isso, Márcia? Você podia ser mãe dele agora!"
Meu pai, que segue logo atrás de mim, começa a rir.

— Pai!!

Ele continua rindo.

— É engraçado, Márcia. O que eu posso fazer?

"Deixa para lá!"

Eu dou mais uns passos e fico admirando a minha primeira paixão.

"Dono do meu primeiro beijo."

— Por que estamos aqui, pai?

— Ué! Não está gostando de estar aqui?

Eu rio.

— Estou.

— Então. Aproveite!

De repente, me lembro de algo.

— Pai!

— Já sei, Márcia.

— Mas, então, pai.

— Então o quê?

— Você não disse que já sabe?

— Sim, eu sei, Márcia.

— Então.

Meu pai ri.

— Pai!

— O que, Márcia?

— Ele só ficou comigo para fazer ciúmes para minha irmã.

Meu pai balança a cabeça e dá um sorriso de canto.

— A vida tem dessas coisas.

— E eu comecei a fumar por causa dele.

— A vida tem dessas coisas, também.

Ele faz sinal de negação, mas sorri.

— Já podemos ir embora, pai.

Meu pai dá uma gargalhada.

— E agora é você que decide quando vamos embora?

— É.

— Não, senhorita. Já deu uma boa olhada em você mesma e nos seus outros amigos?

Eu me acalmo e volto a olhar os outros.

Vejo a mim mesma exatamente com a mesma roupa que está em mim.

Olho para o meu pai.

— Mas como isso é possível?

— Você se sentiu exatamente como agora, então isso se tornou possível.

— Ah, é?

— É...

Eu olho para meu corpo com ternura, creio que pela primeira vez.

"Eu era severa comigo mesma."

— Que bom que está percebendo isso.

Olho para o meu pai, para os amigos, para o Carlos e, por último, para a minha versão adolescente.

"Quatorze anos..."

Admiro seu rosto, seu corpo, seu cabelo. Sinto carinho por ela, uma vontade de acolher sua dor e suas inúmeras "neuras" desnecessárias.

— Agora sim, filha.

— Agora sim, o que, pai?

— Agora podemos ir.

Olho para ele, que tem a mão esticada para mim.

Aperto firme sua mão, com uma sensação diferente da de antes.

"Que viagem."

— Eu usei alguma droga, pai?

Ele ri.

— Não. Só anestesia geral.

Risos.

CAPÍTULO 4:
A PRIMEIRA RELAÇÃO

CENA 11

O novo cenário é o apartamento em que morava na época da faculdade.

Solto a mão do meu pai e imediatamente questiono:

— Sete anos, pai?
— Como?
— Você pulou sete anos?

Ele põe as mãos na cintura.

— Você não deveria se ater ao tempo, Márcia.

Agora eu coloco as mãos na cintura.

— Mas eu estou vendo claramente que você pulou sete anos, pai.
— Márcia.
— Oi?
— Primeiro: não fui eu que pulei.
— E quem foi, então?

— Você mesma!

"Eu? Agora me sinto confusa!"

— Só estamos seguindo suas memórias.

— Como assim, pai?

Ele balança a cabeça e não me explica.

— Segundo: se atenha aos fatos e às suas sensações perante eles.

Balanço a cabeça.

"Desisto. É tudo um sonho mesmo."

Meu pai me olha, arqueando a sobrancelha.

— Sonho?

Começo a olhar o apartamento e vou caminhando, devagar. Olho cada objeto, passo a mão nos móveis. Olho os murais com fotos. O maço de cigarro em cima da prateleira...

"Que saudade."

— É a vida, Márcia.

— O que isso quer dizer?

— O tempo passa, mas as nossas emoções são as mesmas.

— Atemporais?

— É.

Eu suspiro e aprecio o momento.

"Vai saber para onde iremos depois."

Meu pai se senta no sofá.

Eu dou mais uns passos e admiro cada pedacinho do lugar.

"É como se estivesse tudo dentro de mim."

— E está, Márcia.

Eu paro e encaro meu pai.

— E aqui, pai? O que viemos fazer aqui?

— Ver sua primeira busca, filha.

— Minha primeira busca?

— É. A primeira grande busca.

— Busca do quê? Posso saber?

Ele levanta a sobrancelha e faz um gesto com a mão, para que eu me sente à sua frente, numa poltrona.

Eu me sento.

"Parece que não tem ninguém aqui."

Ficamos por alguns instantes sentados, um olhando para o outro, em silêncio.

— Não vai chegar ninguém? – eu pergunto.

— Não!

— Não?

— Não!

Me esparramo no sofá.

— Sério mesmo?

— Sério mesmo.

Eu espremo os lábios um contra o outro.

— Tá.

Mais alguns segundos entre olhares.

— E o que viemos fazer aqui, pai?

— Conversar.

— Sei.

Silêncio.

— Não podíamos ter ficado conversando na sala de cirurgia?

Ele me encara, como se eu tivesse que dizer alguma coisa.

"Mas dizer o que, caramba?"

— Você sabe o que este lugar significa para você, não, filha?

— Sim, o apartamento em que morei enquanto estudava.

— É bem mais do que isso.

Me sinto um pouco envergonhada.

— É. Onde eu conheci o primeiro amor da minha vida.

— A primeira vez, por assim dizer.

Eu sinto minhas bochechas ficarem vermelhas.

— Não precisa se envergonhar, faz parte da vida, Márcia.

Eu fico olhando para o chão e mexendo os dedos dos pés.

Penso no meu primeiro grande amor.

— Foram vários anos juntos com ele, pai.

— É. Eu sei...

Ele balança a cabeça.

— O que foi?

— Eu me pergunto por que tantos anos, Márcia?

— Qual o problema?

Ele se levanta. Estica a mão para mim.

— Vem!

— Para onde?

— Eu vou te mostrar qual é o problema.

"Medo."

— Vem, Márcia. Não precisa ter medo.

— Mas agora estou com medo.

— Anda!

Eu ponho as mãos no rosto por um instante e me levanto.

Arrumo a saia alaranjada.

"Por que eu ainda estou com essa saia?"

— Márcia!

Ele continua com a mão esticada para mim.

— Tá, tá, vamos!

Aperto sua mão e imediatamente sinto um vento em meu rosto.

"Mas o que é isso, agora?"

— Calma!

Meu pai aperta minha mão.

CENA 12

Chegamos a um sítio, onde eu me vejo sozinha num dos quartos.

"Ai, meu Deus. Eu me lembro desse dia."

Meu pai solta a minha mão e permanece em silêncio.

A minha versão universitária está prestes a achar o diário do grande amor de sua vida, o mesmo do apartamento.

"Mas que tipo de homem escrevia um diário naquela época?"

Meu pai arqueia a sobrancelha e pigarreia, me olhando de canto.

— O tipo insuficiente por quem você se apaixonou, o Juninho.

— Pai!

— Você perguntou!

— Não perguntei. Só pensei. Pare de invadir a minha cabeça!

Ele faz sinal de negação e fica olhando para o chão, mexendo o pé, como se quisesse sentir o assoalho.

Eu volto a minha atenção para mim. Para ela. Enfim, para este dia fatídico.

Sinto meu corpo inteiro arrepiar.

"Eu não sei se queria estar aqui."

— Você tem que estar aqui.

— Por quê?

Ele espreme a boca para um dos lados e não responde.

O meu amor foi à cidade comprar comida para o fim de semana.

— Pois é... – meu pai comenta e se senta numa cadeira.

— É impressão minha ou você está sendo sarcástico?
— É totalmente impressão sua. Eu não estou sendo sarcástico. Eu estou sendo muito, muito sarcástico.
— Pai?
— Quê??
— Você não tem pena de mim?
— Depende.
— Depende do quê?
Ele me fita calado, por um momento.
— Não, não tenho pena.
"Melhor assim."
Ouço um barulho e me vejo andando, de um lado para o outro, com o tal diário na mão.
"Coitada."
Barulho de pigarro.
— Coitada? – meu pai pergunta – tem certeza?
— Não sei. Acho que sim.
— A escolha foi sua, Márcia.
— Eu não escolhi ele me trair com várias mulheres e escrever tudo num diário.
— Então, você preferiria continuar não sabendo?
— Não, não é isso.
— É o que então?
— Não sei.
— O problema, Márcia, não foi o que ele fez ou você ter ficado sabendo.

Eu me sento em frente ao meu pai, num banquinho.

— Qual foi o problema, então, pai?

Ele me olha direto nos olhos.

— Você ter ficado.

Eu abaixo a cabeça e me sinto tremendamente envergonhada.

— Por que, Márcia? Por que você ficou?

Começo a chorar.

Meu pai se ajeita mais para o fundo da cadeira e estica as pernas.

Parece querer me dar mais espaço e tempo para o meu choro.

Eu volto meu olhar para mim mesma lendo aquele diário horrível, com tantas decepções.

"As verdades indesejadas e bem escritas."

— Sinto pena dela, pai.

— De verdade, eu também sinto um pouco.

Respiro profundamente e fico olhando para ela, tão desesperada.

— Você lembra o que faz agora, Márcia?

— Sim... eu vou para um boteco comprar uma garrafa de pinga.

— Pinga, Márcia?

— Adianta me julgar agora? Eu não tinha como ir embora, estava sem carro.

Ele me olha com ternura.

— Quer pular essa parte?
— Mas eu posso?
— Vamos para o final.
— Que final, pai?
Ele se levanta e dá uns passos a caminho da saída da sala e da casa.
Eu o sigo.

CENA 13

Estamos na frente da casa, de frente para ela, olhando a minha versão mais nova completamente bêbada, com uma garrafa de pinga na mão e o diário na outra, sentada na escada, esperando o malandro chegar.
"Filho da p..."
— É mesmo.
Olho surpresa para meu pai, com sua concordância.
— Dedinho podre, né, filha?
— Pai...
Ele balança os braços, as mãos em volta dele mesmo.
— Eu não tenho culpa, só estou aqui para lhe mostrar.
— Para me mostrar, pai? Me mostrar o quê?
— Tudo isso!
— E para quê?
— Você não entendeu ainda, Márcia?
Ele olha no relógio.

Faz umas caretas.

Eu cruzo os braços e começo a bater o pé.

— É, você ainda tem tempo.

— E depois que acabar esse tempo? Eu vou morrer?

— Já disse: depende!

— Afe...

Eu resmungo e ouço o barulho de um carro chegando. Viro para trás.

"O grande amor da minha vida chegou."

— Tem certeza de que vai continuar chamando ele assim?

— Eu não posso mudar isso, pai.

— Ah, você vai mudar.

Eu encaro meu pai ao meu lado.

"Mas o que isso quer dizer?"

O safado desce do carro e olha direto para o diário na minha mão. Digo, na mão da minha outra versão.

Ele começa toda uma ladainha para explicar o inexplicável.

A minha versão mais nova quase cai na escada.

"Eu não me lembrava disso assim, com todos esses detalhes."

— Claro, estava de "cara cheia".

— Pai.

— Eu não tenho culpa, você que bebeu. Pinga, Márcia?

— Era a única coisa que tinha no boteco.
— Benzadeus.

Fico olhando o casalzinho e ouvindo a discussão absurda.

Parece que, de alguma forma, eu implorava para ouvir as mentiras que ouvi.

— Por que você ficou, Márcia?

Eu olho para meu pai me questionando com seriedade. Desvio o olhar.

— Por que você ficou, Márcia?

Abaixo a cabeça um instante.

— Mas eu não fiquei, pai.
— Você foi embora fisicamente...

"Que vexame."

— Cambaleando, a pé na estrada, eu sei.
— Pois é, mas depois de pouco tempo, voltou com ele. Por que, Márcia?
— Não sei.

Ouço sua respiração com mais força.

— Por isso você está aqui.

Levanto a cabeça.

— Por quê?
— Para entender.
— Mas eu ainda não entendi.
— Você vai entender.

Ele estica a mão novamente para mim.

Eu olho para ele, apertando as sobrancelhas uma contra a outra.

— Por aqui já foi o suficiente. Vamos.

Seguro sua mão.

"Seja o que Deus quiser."

CENA 14

Em questão de segundos, estamos no apartamento que morei perto do Juninho, agora no sul do Rio de Janeiro.

Meu pai fica ao meu lado e apenas me observa.

Eu olho as paredes, a vista da janela.

É impressionante como nos esquecemos de tantos detalhes da nossa história.

Cinzeiro.

"O vício..."

Eu toco uma prateleira da sala e observo os objetos nela. Tem um enfeite de que eu gostava tanto, parece uma bailarina.

"Linda."

— Uau.

Vendo agora, parece um filme em minha cabeça.

Olho para meu pai e coloco as mãos na cintura:

— Você pulou a formatura!

Ele resmunga alguma coisa.

— Eu já tinha me formado nesta época. Por que você

pulou a formatura?

— Já disse que eu não pulo nada, Márcia, só seguimos suas memórias.

Dou uns passos no apartamento e aprecio tudo o que tem dentro dele: aparelho de som, máquina de escrever...

"Quem tem essas coisas hoje em dia?"

Meu pai concorda inclinando o queixo para baixo e resolve se sentar.

Eu continuo dando passos lentos e admirando tudo. Passo a mão em algumas revistas e cadernos.

— Por que estamos aqui, pai?

— Para você entender, filha.

— Eu não sei nem se entendi alguma coisa até agora.

— Entendeu sim, filha.

"Será?"

— Pode apostar que sim.

Eu rio por dentro.

E continuo a olhar. São tantos detalhes que tinham desaparecido...

— Filha.

Eu paro.

— Oi?

— Senta aqui.

O apartamento está vazio. Caminho até o outro sofá e me sento na frente dele.

Olho em seus olhos e fico calada.

— Márcia.
— Pai.
Ele respira fundo.
— Quantas vezes você viajou da cidade em que você morava para visitar esse namorado, antes de você se mudar para cá?
Eu olho para cima, tentando calcular quantas vezes foram.
— Não sei.
— Pois é.
— Pois é, o que, pai?
— Foram muitas vezes.
— E daí?
— E daí, Márcia, que sempre foi você se esforçando para ficar com ele. Quantas vezes ele foi até você?
Eu abaixo a cabeça.
"Nenhuma."
O barulho do trem passando.
"Não acredito. Nem me lembrava disso."
— Como você pôde se esquecer, Márcia? Você odiou morar aqui, não foi?
Eu olho para a janela e perco a noção do momento, da paisagem, de tudo.
O trem passava perto dali todos os dias e ainda fazia manobras. Foi o pior lugar em que eu morei, em toda a minha vida.

— Por que, Márcia? Por quê?

— Eu não sei, pai.

— E o que aconteceu depois? Você se lembra?

Sinto as lágrimas encherem meus olhos.

Dou uns passos para me sentar.

"Que momento dolorido."

— É dolorido por que, Márcia?

As lágrimas caem.

Escondo o meu rosto entre as mãos e me permito esse alívio.

— O que dói, Márcia?

Fungo o nariz e limpo o rosto com um pedaço da saia alaranjada.

— Ele não mereceu nada do que eu fiz para ele.

— Não mereceu mesmo.

Eu me ajeito no sofá, e me ajeito de forma mais confortável.

Olho para meu pai.

— O fdp foi embora quatro meses depois que eu me mudei para cá. Foi para fora do País.

— Eu sei.

— Depois de tudo o que eu fiz. Eu me mudei para cá, odiei a cidade, o apartamento, o trem, tudo...

— E ele te deixou.

Balanço a cabeça para cima e para baixo.

— É... me deixou mesmo.

— Você precisa entender, Márcia.

— Entender o que, pai? Que eu sou uma tonta? Já entendi!

Silêncio.

Eu me movimento no sofá, tentando não fazer barulho.

— Ele me chamou para viajar com ele, mas eu não quis. Já tinha o meu trabalho e eu estava guardando dinheiro para comprar um carro.

— Mas não fazia parte dos seus planos ir para Londres.

— Não...

— Ao menos esse erro você não cometeu.

— Não? O quê?

— Fazer algo ainda maior por alguém que nunca te mereceu, filha.

Meus braços, rígidos até então, caem de meus ombros.

"Nossa."

— Eu não fui para Londres, mas esperei o idiota voltar. Por um ano.

— E ficou se cuidando para esse retorno.

"Que vergonha."

Eu ia para a academia todos os dias e malhava como uma louca, para ficar linda, maravilhosa e o mais perfeita possível.

Abaixo a cabeça.

— E o que ele te pediu logo que voltou, filha?

"Nossa, essa doeu."

— Você pega na ferida, hein, pai? E aperta, espreme e vira.
— Se é preciso...

Eu enrijeço os músculos do meu rosto todo.

— O que ele te pediu, Márcia?
— Um tempo.

"Vergonha, vergonha, vergonha."

— Não sinta vergonha, mas reflita sobre tudo isso.
— Eu não sei se quero refletir.
— Então, apenas sinta.

Dou uma boa olhada para o apartamento mais uma vez.

— Bom, mas com tudo isso, eu finalmente fui embora. Voltei para Belo Horizonte, de onde nunca devia ter saído.
— Demorou, mas voltou. E continuou na mesma empresa, só que no lugar de que você gostava.
— É. Ao menos esse lado foi positivo.

Eu olho para ele arqueando a sobrancelha.

"Não vai mencionar nada mais?"

— Eu sei. Ele ainda engravidou outra.

"Que vergonha. Que vergonha. Que vergonha."

— Vergonha deveria ter ele, Márcia. Você só ficou tempo demais, só isso.

"Obrigada por não me julgar."

— Foram muitas idas e vindas, filha. Tudo na vida serve para nosso aprendizado e crescimento, mas não precisamos esticar tanto essas experiências.

Eu fico olhando para ele, tentando compreender melhor tudo isso.

— O que você precisa perceber e entender é que não precisa prolongar situações ruins na sua vida... quando pode pôr um fim.

"Acho que ele tem razão. Mas eu ainda faço isso? Já se passaram décadas até este momento."

Meu pai me olha, mas não responde.

— Está cansada?

"Que engraçado. Não sinto cansaço, fome, sede. Nada."

— Costuma ser assim mesmo.

— Você não se cansa de ler meus pensamentos?

Ele ri e se levanta.

— Não. Não me canso. Não sinto cansaço, fome, sede. Nada.

Eu rio.

Levanto-me logo após ele.

— Vamos embora daqui. Eu também não gosto desse lugar.

Algo me vem à mente.

— Pai!

— Oi?

— Você me visitava nesses momentos, como o momento em que está comigo agora?

— O que você acha?

Ele estica a mão para mim e sorri. Mas não responde.

Eu fecho os meus olhos, me sentindo feliz por ter a mão do meu pai junto à minha.

"Meu pai..."

CAPÍTULO 5:
A FACULDADE

CENA 15

Luz, muita luz, mal consigo abrir os olhos.
Vento em meu rosto e sons de passarinhos cantando.
Ainda sinto a mão do meu pai segurando a minha.
De olhos fechados, eu pergunto:
— Onde estamos?
— Abra os olhos.
— Por que tanta luz?
— É um lugar bonito, Márcia.
Eu abro os olhos e vejo a minha universidade. Estamos do lado de fora, no gramado.
— Estou descalça outra vez, pai!
Ele ri, enquanto esfrego os pés na grama.
— Faz quanto tempo que você não sente a grama sob os seus pés?
"Uau... nem sei quando foi a última vez."
— Esquecendo de viver, né, filha?

Eu esfrego os pés na grama ainda com mais força enquanto meu pai ri e me assiste por alguns momentos.

— Vamos, Márcia!

Ele me chama, já caminhando em direção ao prédio em que eu tinha aulas.

— Para onde?

— Vamos ver você estudando.

— Por quê?

Meu pai faz cara feia.

— Márcia, Márcia, não tem porquês. Apenas sinta.

Eu vou balançando a minha saia com as mãos e brincando com os pés.

"Me sinto como menina. Por que será?"

Só aproveito o momento.

Meu pai observa e dá um risinho de canto.

— Parece criança.

— Você não falou que eu tinha que cuidar da minha versão criança?

Ele para.

— É. Falei.

Suspira.

— Vejo que você está começando a compreender algumas coisas.

Eu dou uns pulinhos, ainda segurando a saia rodada, como se estivesse numa festa junina.

Meu pai dá uma gargalhada gostosa.

— Bora, filha!

Caminhamos até a sala de aula. E, como sempre, ninguém nos vê.

Parece um sonho. Eu acho que é um sonho. Deve ser um sonho.

"É, é isso, é um sonho e pronto."

CENA 16

Entramos na sala que está com a porta aberta e ficamos em frente.

O professor está sentado, enquanto os alunos fazem uma prova.

— Olha você sentada, lá no fundo.

Eu dou alguns passos na minha direção e fico me olhando.

Silêncio.

Viro para o meu pai e comento:

— Eu era bonita.

— Ah, que bom que agora você sabe.

"É..."

Meu pai se aproxima.

— Você sempre foi bonita, Márcia.

Eu fico calada.

— Você sabe disso, não sabe?

Eu não respondo.

— Márcia.

Eu olho para ele.

— É importante que você saiba.
— Por quê?
— Veja o que você fez.

Ele diz e olha para a minha versão universitária, como se tivesse algo sobre ela que eu devesse perceber.

Olho para ela e em seguida para ele.
— O quê?
— Por que você estudou nutrição?

Eu abaixo a cabeça.

Ouço a respiração mais forte do meu pai.
— Márcia, você sabe por que você estudou nutrição?
— Acho que sei.
— Então, me diga.
— Por causa do *bullying* que eu sofri na infância e na adolescência. Todo mundo me chamava de magrela, me davam apelidos horríveis. Acho que foi uma forma de ter conhecimento e transformar meu corpo.

Ele toca meu cabelo com ternura.
— Você sempre foi bonita, Márcia. Se tivesse nascido nos tempos de hoje, teria o corpo considerado ideal.

Eu suspiro.
— É, agora eu sei, mas eu sofri.
— Tem mais algum motivo por que você escolheu essa faculdade?

Ele dá um sorrisinho e me cutuca com o cotovelo.
— Sim, por sua causa.
— Ah, bom, ao menos isso você confessa.

"Biologia, química..."

— É... as matérias de que eu mais gostava são as mesmas de que você dava aula...

— Pois bem. Venha cá.

Meu pai segura minha mão e vamos para o fundo da sala.

Há alguns lugares vazios e nos sentamos por ali.

Ele se senta de frente para mim.

Meu pai entrelaça uma mão na outra e apoia os cotovelos em seus joelhos, arqueando o corpo para a frente, em minha direção.

— Filha.

Eu observo.

— Você acha que escolheu a profissão certa para você?

"Ops."

— Não sei. Não tenho certeza.

— Qual tem sido sua carreira?

Eu levanto os olhos, tentando pensar em tudo o que já fiz.

— Bom, eu me formei em nutrição, mas...

— Mas... – meu pai acentua.

Eu olho para ele.

— Márcia, toda sua vida profissional tem sido em administração e empreendedorismo.

"Uau."

Eu encho o peito de ar e solto.

— É verdade.

— Sabe por que, filha?

Eu o encaro.

— Não.

— Você é igual a mim.

Meus braços parecem cair de meus ombros outra vez. Meu pai sorri.

— Você nunca se deu conta?

Eu olho para um lado, olho para o outro.

"Não é que ele tem razão?"

Suspiro.

— Mas, então, qual é o problema aqui, pai? Porque, mesmo sendo nutricionista, eu faço o que eu gosto. Neste momento, eu administrava departamentos em uma indústria de alimentos.

— Nenhum problema, filha, mas é importante que você perceba certas coisas sobre você.

— Hum... Autoconhecimento?

Ele ri.

— Também.

Eu fico olhando para ele, esperando por algo mais.

— Você é empreendedora, Márcia!

Continuo apenas observando.

— Você tem uma carreira de alta gestão, você é ótima administradora. Não foi à toa que você sobressaiu em todos os lugares por que passou. Já reparou que você nunca foi mandada embora de lugar algum?

"Nossa, é verdade."

— Enquanto você viu tantos colegas sendo despedidos.

— Não tinha pensado nisso.
— Nem quando foi vender biquíni na Grécia?
Eu dou uma gargalhada alta.
— Você sabe disso também, pai?
— Eu sei tudo sobre você, filha.
Ele caminha rindo.
Algo me ocorre.
— Eu errei também quando fui fazer pós-graduação em marketing?
Ele para e me encara.
— Você não errou em nada, Márcia, só pesou as escolhas de maneira errada.
— Hum.
— E marketing foi uma boa escolha, diga-se de passagem.
Eu sorrio.
— Combina com seus talentos.
Eu volto a olhar para a sala de aula, para a minha versão mais nova ali, fazendo prova, preocupada com o idiota do namorado.
"Que idiota."
— Pode xingar! Ele era mesmo um grande idiota!
Eu rio.
— Mas eu também fui idiota por ficar com ele.
Meu pai fala em tom mais sério.
— Você não foi idiota, foi inocente. É diferente.
— Mas durou muito tempo, como você mesmo me disse.

— É, isso é.

Meu pai segue para a saída da sala e eu sigo atrás dele.

— Acabou por aqui?

— Por quê? Está cansada?

Balanço o corpo tentando senti-lo.

— Aqui eu não sinto nenhuma necessidade de nada. Parece que o tempo parou.

Meu pai vira o pescoço e responde.

— Já te disse que às vezes o tempo para?

Eu rio.

— Já.

Meu pai pega na minha mão e a aperta com força.

Eu fecho os olhos por um instante.

CENA 17

— Ai, meu Deus!

Em segundos me vejo dentro de um carro, chacoalhando de forma assustadora, alta velocidade; um farol alto na minha cara.

"O que está acontecendo?"

Medo, pavor.

— Pai, pai, o que é isso?

"Socorro! Eu vou morrer aqui?"

Sinto sua mão em meu ombro.

— Calma!

Ele está no banco de trás.

O carro continua desgovernado.

"Ai, meu Deus, que medo."

— Pai, socorro!

Eu olho para a pessoa dirigindo e me vejo aos trinta anos de idade, quase sofrendo um desastre na estrada.

"Nossa."

De alguma forma, a cena me paralisa.

O carro continua balançando, mas eu fico em estado de choque, olhando para mim mesma, gritando, pálida e quase sem ar.

Tudo em questão de poucos segundos.

"O que eu faço?"

O caminhão que tentava ultrapassar o carro e me fez perder a direção, na época, passa logo que o carro para no acostamento.

Fico olhando para mim, voltando à respiração normal, aos poucos.

"Coitada."

Olho para trás, para meu pai.

"Por que estamos aqui, pai?"

— Você se lembrava disso, filha?

— Como poderia esquecer?

Ele levanta o queixo, apontando para a minha outra versão.

— Olhe para ela.

Eu olho.

Por algum motivo, não tem como não olhar para ela.

— Sabe por que você quer olhar para ela? – meu pai pergunta.

— Não.

— Porque esta versão de você mesma está mais próxima de você agora do que as outras.

Eu olho para ele e não digo nada.

— Este acidente, Márcia, aconteceu para você mudar de rumo.

Eu viro bruscamente para trás.

— E eu mudei mesmo. Não aguentava mais ficar viajando, estava sobrecarregada e não precisava viver desse jeito por conta de um emprego.

— Mesmo que fosse um ótimo emprego.

Olho para minha versão mais nova já restabelecida e voltando a dirigir.

— É...

Faço uma longa respiração.

"Que alívio."

— Vamos para o que importa logo após este episódio.

— Logo após?

— O que importa logo após disso.

— Hum.

Meu pai me oferece sua mão.

Olho mais uma vez para mim mesma dirigindo. "Como se quisesse me despedir."

Um alívio sair daqui.

Pego sua mão e fecho os olhos.

"Já estou ficando craque nisso."

CAPÍTULO 6:
A SEGUNDA RELAÇÃO

CENA 18

Antes mesmo de abrir os olhos, sinto pessoas andando a minha volta, como se estivesse numa sala grande.

Abro os olhos.

Olho para o meu pai, já soltando a minha mão de novo.

— A pousada...

Meu pai balança a cabeça em sinal de afirmação.

Tem pessoas na recepção.

— É tão bonito aqui.

Sinto o cheiro de mar, praia, areia.

"Que delícia."

A sensação do mormaço. O cheiro de protetor solar.

Começo a caminhar também.

Meu pai anda em outra direção.

"É bom dar esses passeios."

— Estou passeando pela minha vida, pai?

Ele responde alto do outro lado.
— É isso mesmo!
E ri.
Logo aquele homem lindo, argentino, passa por mim.
Moreno, alto, sem camisa.
"Cheiroso... uau."
— Márciaaaa...
Meu pai me chama a atenção.
— Não é para isso que estamos aqui.
Risos.
— E não posso apreciar um pouquinho?
— E será que vale a pena?
Dou de ombros.
Gosto das sensações que este lugar me causa. Adoro praia. E adoro essa pousada.
— Alguma coisa tem que ter de bom nesse meu passado, não?
Ele entorta a boca para o lado e nem responde.
Continuo caminhando, olhando os móveis e os objetos.
O gringo bonitão some de vista.
"Que pena."
De algumas pessoas eu nem me lembrava, só de alguns hóspedes que passaram pela minha vida de forma bem ligeira.
É um lugar agradável, imagina.
"Eu tive uma pousada em Trancoso, quase à beira-mar."
— Bons tempos, né, minha filha?

"Pousada e bar. Eu que fiz. Uau, que orgulho."
Sorrio de orelha a orelha e confirmo que sim.
Dou alguns passos e me aproximo do sofá.
Todos desaparecem. Só ficamos eu e meu pai naquele lugar.
"Deve ser coisa de sonho."
Estico os braços para cima, como se estivesse me alongando, aprecio o cheiro mais uma vez e me sento no sofá.
Meu pai se aproxima e faz o mesmo.

— E então, pai? O que viemos fazer aqui?
Ele me olha sério.
— Esta foi uma fase boa da sua vida, filha.
— Sério? Achei que fosse chamar a minha atenção.
— Márcia.
Ele entorta a cabeça.
Observo alguns cocos sobre uma mesa e sinto o cheiro na minha direção.
"Mas cheiro é psicológico assim?"
Meu pai se remexe no sofá para chamar minha atenção.
— Esse rapaz gostava de você, era um homem bom.
"E lindo, meu Deus."
— É.
— Você sabe por que ele voltou para a Argentina?
"Sim. Eu sei."
Fico olhando para o chão por alguns segundos.
— Ele não conseguiu ficar longe das filhas.
"Diferente de você."

— Ainda me culpando?

Limpo a garganta com um certo barulho e não respondo.

— Ele era um bom pai, Márcia. Assim como eu.

Eu arregalo os olhos.

"Mas ele voltou para as filhas dele."

— E eu estou aqui agora.

— Agora...

— É...

Levanto-me e começo a caminhar. Meu pai faz o mesmo.

Encosto meu braço no dele.

— Você gostou da minha administração aqui?

Ele sorri.

— Gostei!

— Viu quando eu fiz a reforma?

— Aquela bagunça? Claro que vi.

Ele ri.

"Que legal."

— Senti muito orgulho.

Ele cruza os braços.

— Mas é claro que eu vi.

Dou três pulinhos de alegria.

"É engraçado como me sinto feliz aqui. Será a maresia?"

— Aqui é um lindo lugar, Márcia. Você cresceu muito nessa fase da sua vida.

— Mas foi tão pouco tempo, pai. Foi só um ano.

— O importante não é o tempo em que ficamos numa situação, mas a qualidade de aprendizado em cada situação.

— Hum.

— Vocês sentiam muito ciúmes um do outro, Márcia, Benzadeus.

Sento-me outra vez.

Eu seguro a minha cabeça com a mão, enquanto apoio o cotovelo no sofá.

— É... o pior é que é verdade.

— Você mexeu com coisas que não devia nessa época.

Eu olho assustada para ele.

Desencosto o cotovelo do sofá e ponho os braços à frente do meu corpo.

— Precisamos mesmo falar sobre isso?

Ele me encara.

— Não.

"Ufa."

— Foi um deslize, pai.

— Eu sei. Mas mais uma vez, por causa de um suposto amor.

Eu abaixo a cabeça.

"Que vergonha."

— Não precisa ter vergonha. Só precisa perceber e sentir.

"Perceber e sentir."

— Isso.

"A única vez que cheguei perto de droga na vida e meu pai assistiu."

Ele me olha.

"Pare de entrar na minha cabeça."

Ele ri.

— Não foi nada de mais, Márcia. Eu sei que não foi.

— É. Mas eu me envergonho.

— Deixa para lá, filha.

Ele levanta e se posiciona em pé ao lado de onde eu estou.

— Aconteceu algo muito bom quando você morava aqui.

Eu inclino a cabeça para olhar para ele.

— O quê?

— O Reiki, Márcia!

"Verdade."

— O Reiki psíquico, pai.

Eu me levanto e fico de frente para o meu pai, mas me encostando no sofá.

— Por que o Reiki foi muito bom, pai?

— Você não achou?

— Claro que eu achei, mas quero saber por que você achou também.

Ele cruza os braços para trás.

— Foi nessa prática que você começou a se desenvolver pessoalmente, abriu mais sua mente e aprendeu a ouvir melhor a sua intuição.

— Que bonito, pai!
— É mesmo!
Suspiro.
— O Reiki me ajudou a reforçar a minha identidade.
— E a sua autoestima também.
Ele balança a cabeça e cruza os braços para a frente.
— Márcia, Márcia.
"Verdade, ela ficava me fazendo repetir meu nome várias vezes."
— E seus apelidos também.
— Como você sabe tanta coisa sobre mim, pai?
— Márcia, Márcia.
— O quê?
— O que você acha, filha?
— Não sei, por isso estou perguntando.
— Como eu poderia não saber?
Eu fico olhando.
"Deixa para lá!"
— É! Deixa para lá!
Meu pai estica a mão para mim.
— Vamos?
— Para onde agora, pai?
— Não confia em mim?
Pego sua mão, fecho os olhos e só respiro.
Sinto o cheiro do mar, tentando levá-lo comigo.

CENA 19

Barulho de água caindo de chuveiro. Muita água.
Gritos.
Eu abro os olhos e vejo a minha versão mais nova dando banho no gringo bonitão.
"Ai, meu Deus do céu!"
Fico sem reação e apenas assisto à cena.
— Pablo, o que você está fazendo com a sua vida?
Choro.
— Você está drogado, chorando e se fazendo de vítima.
— Desculpa, Márcia.
— Não desculpo. Por você, você vai embora.
— Mas eu não quero ir, Márcia.
Reparo na beleza desse antigo amor, de cima a baixo, e na sinceridade de sua dor.
— Você tem que ir, Pablo, você está sofrendo por causa das suas filhas e está se destruindo por isso.
Ele abraça a minha versão mais nova e eles ficam encharcados, embaixo do chuveiro, de joelhos.
"É uma cena bonita."
Meus olhos ficam lacrimejados.
"Como eu gostava dele, meu Deus. De verdade."
Encaro meu pai.
— Eu precisava ver isso, pai?
Ele está de braços cruzados perto do chuveiro.

— Precisava.
— Por quê?
— Olhe para você!
Ele aponta para minha outra versão.
"Toda molhada, com um homem lindo e drogado embaixo do chuveiro."
— Não é isso, filha.
— É o que então?
— Você foi nobre.
Ergo as sobrancelhas.
— Fui?
— Muito.
Eu fico olhando para os dois e sinto que havia amor entre eles. De verdade.
— Por que você acha isso, pai?
— Você abriu mão do seu amor para ele voltar para as filhas.
Eu olho para os dois no chuveiro novamente.
— É. Eu senti quando ele foi embora.
— Mas você agiu certo, filha.
— É bom ouvir isso, pai.
Ele me puxa pelo braço para longe do chuveiro, que está nos molhando também, com vários respingos.
— No mais, Márcia, foi aqui que você colocou o seu talento com empreendedorismo à prova.
Sorrisos.

"Acho que foi mesmo."

— É. Eu acho que sim.

— Você aprendeu muito aqui. Reforma, compras, fornecedores, concorrência, pagamentos, clientes, propaganda, tudo.

— É. É verdade, pai.

Ele me oferece sua mão.

E a tira rapidamente do ar, antes que pudesse tocá-la.

— Prefere ir caminhando?

— Como assim, pai?

— Vamos para o seu bar!

Eu rio.

— Para o bar, pai? Sério?

— Seriíssimo.

— Vamos tomar uma?

Ele ri.

— Se você quiser, até duas, Márcia!

— E pode misturar com a anestesia?

— Ah, vai dar um barato.

Risos.

Eu estico a mão para o meu pai.

Ele pega minha mão e aperta.

— Menina preguiçosa.

Risos.

CAPÍTULO 7:
A TERCEIRA RELAÇÃO

CENA 20

Mudamos do dia para a noite. Está quente, escuro, luzes piscando e um cantor tocando no palco.

Olho para o meu pai e ele balança seu corpo conforme a música, que mais parece um forró misturado com axé.

"Me lembro dessa música."

— Gostei de vir aqui!

— Mérito seu, Márcia!

— Como assim, pai?

— Foi uma coisa muito boa você ter feito esse espaço artístico.

Eu olho a minha volta, sorrindo.

Presto atenção no palco, na música, na alegria das pessoas.

— Foi, né?

Meu pai sorri e dança.

Há alguns jovens dançando na frente do palco.

"Posso ouvir o barulho do mar aqui."

— Nós vamos à praia, pai? Se eu vou morrer, quero ver o mar pela última vez.

— E quem disse que quem morre não pode ver o mar?

— Então, quer dizer, que eu vou mesmo morrer?

Meu pai ri e continua dançando.

— Não foi isso que eu disse.

Meu pai me agarra pela cintura e começamos a dançar juntos.

Eu dou um grito espontâneo.

"É tão divertido!"

Risos.

Grito outra vez.

Risos.

Mais risos.

"Será essa a sensação da felicidade plena?"

Meu pai grita.

— É essa mesma, filha!

Ele ri, me rodopia e continuamos dançando aos risos.

— Parabéns pelo melhor bar da cidade, Márcia!

Eu falo alto.

"Que energia incrível!"

— Você sabe que aqui foi nomeado o melhor bar da cidade?

Mais um rodopio.

— Claro que eu sei.

A música acaba e começa outra menos agitada.

"Acabou..."

Meu pai se senta numa mesa e sinaliza para eu me sentar também.

"Lá vem."

— Você sabe quantos cantores recebeu aqui, Márcia?

Eu olho para cima, tentando imaginar.

— Muitos. Não sei.

— Você deu oportunidade pra muita gente: cantor, saxofonista, gaitista e todo tipo de música, não excluiu ninguém.

Eu rio.

— Você sabe mesmo de tudo da minha vida, seu enxerido.

Ele ri.

— Foi uma experiência cultural, profissional e pessoal, o que você viveu aqui. E propiciou isso para muita gente. Pontos para você!

— Pontos? Estamos num videogame agora, para eu ganhar pontos, pai?

— A vida é quase como um videogame, filha. A gente está sempre mudando de fase e acumulando pontos para a próxima.

— E vai ficando cada vez mais difícil – eu digo.

Suspiros.

— Lembra o que vem depois?
Balanço o corpo para frente e para trás.
— Sim...
"Meu novo amor."
— Você teve um bom número de amores.
Risos.
— Será?
— Acho que sim, ao menos, os significativos na sua vida.
— É, isso é mesmo.
"Nunca imaginei debater sobre meus amores com meu pai. Que doido."
— Doido, Márcia?
Ele ri.
Melhor mudar o rumo.
— E amores longos, segundo você.
— Longos!
"Verdade, todos foram longos. Ou pelo menos os importantes."
Encaramo-nos alguns instantes em silêncio.
Cruzo os braços. Meu pai também.
— Ele está chegando aí.
— Como assim? Quem? Ele?
Ele estica o queixo na direção do palco.
Eu olho.
Um músico se despede e outro chega.
"Ai, meu Deus. É ele. O Tatá!"

— Haja coração – meu pai fala e ri.
— Está tirando sarro de mim?
— Um pouco?
Risos.
Eu continuo olhando para o Tatá e depois olho para meu pai.
— Esta pousada rendeu tanto na sua vida, filha.
— É?
— É.
— O que, pai?
— Experiência profissional, cultural, o Reiki como desenvolvimento pessoal e dois grandes amores.
— Uau... é verdade. Rendeu bastante mesmo.
Suspiro.
— Fora a Grécia, que veio logo depois disso.
Eu rio.
— Você foi para a Grécia comigo também, pai?
— E quase vendi biquínis, minha filha.
Risos.
— Até experimentei um deles.
Mais risos.
— Também foi por causa de amigos que conheci aqui na pousada que eu fui para a Grécia. Tem razão.
Meu pai bate palmas.
— Parabéns, minha filha. Essa fase foi fantástica. Tanta coisa em tão pouco tempo.

— Um ano, pai. Um ano.

— Está vendo? Não foi preciso alongar o tempo para que ele fosse bom.

"Acho que entendo o que ele quer dizer."

— Ufa.

Meu pai ri.

— Quando o tempo é bom, a gente nem sente.

"Como agora."

— Sabe que foi interessante ver você fazendo seus biquínis para levar e vender na Grécia?

Eu caio na gargalhada.

— Mas eu não vendi nenhum.

— Vendeu na volta e é a experiência que importa.

Ele me encara.

— Também, Márcia, achou que ia vender biquínis do tamanho do Brasil para as europeias?

Risos.

"Eu me virei."

— E ainda aprendi a fazer tererê nas crianças europeias pra ganhar dinheiro e sobreviver.

— Você foi brilhante, filha!

— Foi uma viagem e tanto, pai. Era para ter durado três meses, mas no fim durou só dois.

Respiro sentindo o cheiro da maresia.

"Que delícia isso aqui."

— Durou o que tinha que durar, filha.

— Eu fui com a cara e a coragem, pai.

— E não é assim que a vida deve ser?

Eu sinto os pés no chão e balanço o corpo um pouco, como se pudesse sentir as ondas do mar.

— É, é isso mesmo. Acho que, se eu fosse continuar viva, iria me inspirar mais nessa fase da minha vida.

Meu pai me olha sério.

— Você quer viver?

Eu penso.

— Não sei.

— Como não sabe, Márcia?

Olho a minha volta e fecho os olhos. Respiro. Abro os olhos novamente.

— Isso aqui é estar morta? Eu gosto disso, nunca me senti tão bem.

— Aqui é o lugar do meio, Márcia, só o meio.

— E quem decide se eu vivo ou morro? Sou eu?

Meu pai não responde.

— E você também não me diz se vou viver ou morrer.

— Já disse que depende.

— Depende do quê?

— Do que você acredita que é morrer.

Um garçom passa e derruba uma bandeja.

Algumas pessoas o ajudam. A música continua, só que mais baixa.

Eu fico olhando o Tatá cantar e canto com ele, baixinho:

— "Deixa eu dizer que te amo. Deixa eu gostar de você..."
Fecho os olhos e balanço o corpo. Para lá e para cá.
— "Isso me acalma, me acolhe a alma..."*
Meu pai começa a cantar também e ficamos assim por alguns refrões.
— Ele era muito ciumento, sabe?
Meu pai põe as mãos no rosto.
— Nossa Senhora. Ciumento demais, filha.
Eu rio.
— Sete anos, pai.
— Pois é, filha. Sete anos.
— Você vai dizer que não precisava ser tanto.
— Eu não preciso dizer. Você sabe.
— É.
"Tirou minha liberdade. Por sete anos."
— Homem dependente e inseguro é assim. Está na hora de você perceber que merece mais do que isso.
— E de que adianta merecer agora, seu eu vou morrer mesmo?
— Hum.
— Dá pra namorar depois de morrer?
Meu pai sorri e estica sua mão para mim.
— Vai me apresentar para alguém?
Eu sinto a brisa mais uma vez em meu rosto.

---

* FREITAS Antônio Carlos Santos de; MONTE, Marisa de Azevedo. Amor I love you, Deixa eu dizer que te amo. In: MONTE, Marisa. Memórias Crônicas e Declarações de Amor. Rio de Janeiro: The Orchard Brasil, 2000. CD.

— Tem mais?
Ele ri.
— Tem.
Apertamos as mãos uma na outra e eu fecho os olhos.
"Onde será que nós vamos?"

CENA 21

Um calor abafado envolve meu corpo e eu abro os olhos para identificar de onde vem o ar quente.
Eu e meu pai estamos em pé, no meio de uma grande sala.
Meu pai começa a dobrar a manga da camisa.
"Não sou só eu que estou sentindo o calor."
— É o prédio onde eu trabalhava em Itabuna.
— É – meu pai comenta.
"Que estranho."
— Por que estamos aqui? Eu não gostei de trabalhar aqui.
"Na verdade, eu detestei trabalhar aqui."
— Por isso mesmo.
— Por quê?
— Você sofreu nessa fase: se libertou da relação de sete anos com o Tatá, mas perdeu toda a alegria que tinha quando estava em Trancoso.
"Faz sentido."
— E por que você pulou os sete anos com o Tatá?

— Porque não era preciso.

— Hum.

Eu olho a minha volta, mesmo sem querer olhar.

"Não dá para voltar para a pousada?"

— Não quero estar aqui.

— Calma.

Vamos dar uma volta.

Damos alguns passos até eu poder me ver trabalhando sobre uma mesa.

— Olhe para você.

Eu olho.

— Não gosto de olhar.

— Por quê?

— Porque eu sei que estava triste.

— E por que você estava triste?

Olho para meu pai.

— Não sei bem. Não gostei desse trabalho, da cidade, das pessoas.

Meu pai tosse, limpando a garganta. Eu continuo:

— Parecia que nada se encaixava.

— E o que mais, Márcia?

— Fiquei sem dinheiro.

— Ficou mesmo.

"Sinto até vontade de chorar."

— Mas não vai conseguir.

— Como você sabe?

— É uma dor que você administrou bem.

Respiro fundo. Desabafo.

— Foi uma época em que eu cheguei a comer só arroz e soja porque não tinha dinheiro.

Meu pai abaixa a cabeça.

— Eu sei, filha. Sinto muito. Foi triste ver você passar por isso, mas tudo na vida serve para nosso crescimento.

— É.

Suspiro.

— E você cresceu com isso.

Fico olhando para a minha versão mais nova trabalhando com o semblante triste.

"As pessoas não eram honestas aqui."

— Não tinham ética, Márcia.

— Não. Não tinham.

Volto a olhar para a minha outra versão e vejo uma lágrima caindo em seu rosto.

Rapidamente é secada.

— Podemos ir embora, pai?

— Ainda não.

— Por quê?

— Me fale sobre o apartamento em que você morava nessa época.

"Que horror."

— Era horrível, tinha goteiras quando chovia.

— E como você se sentiu?

— Muito mal. Não tinha nada de bom acontecendo pra mim.

— E como você se sentiu, Márcia?

— Pobre.

— E o que mais?

— Triste?

— E o que mais?

Eu arregalo os olhos e fico de boca aberta.

"Foi horrível!"

— Como o que mais? Era preciso mais?

— E como você se sentiu, Márcia?

Eu olho para a Márcia mais nova de novo.

Suspiro.

Ponho as mãos na cintura e olho para o meu pai.

— Com medo.

Ele balança a cabeça.

— Exatamente.

— Exatamente o que, pai?

— Diga você.

"Que confusão."

— Diga, Márcia.

— Eu não sei o que dizer, pai. O que quer que eu diga?

— Você sentia medo exatamente igual a quem?

Um longo e incontrolável suspiro sai de meu corpo, sem que eu pudesse tê-lo sentido antes.

"Eu nunca me dei conta disso."

Meu pai se aproxima da Márcia mais nova e olha para mim.

— Veja. Sinta o medo dela.

Eu me aproximo.

Uma sensação forte.

— Igual à sua mãe.

Meus olhos se enchem de lágrimas, o que eu tento disfarçar.

— Aceite que você julgou a sua mãe a vida inteira por algo que você também carregou.

Eu ponho as mãos no rosto.

— Aceite, Márcia. Apenas isso, e nós podemos ir embora.

Eu olho para ele.

Aperto o rosto com as mãos e os braços.

— Por que isso é importante?

— Márcia, Márcia, você não entendeu ainda?

Eu apenas o encaro.

— Aceite! Perceba dentro de você.

"Eu já percebi."

— Ótimo.

— E doeu.

— Melhor ainda.

"Ufa!"

Eu rio.

Ele também.

— Sabe o que mais, filha?

— O quê?
— Sua reação foi a melhor possível.
— Como assim?
— Você trocou de emprego, buscou as prefeituras para prestar consultoria de nutrição.
— É.
— Você inventou um novo trabalho, que nem existia na cidade.
"É verdade. Consultoria em nutrição."
— Mas não foi só nessa cidade, nas vizinhas também.
— Eu sei, eu sei.
— Eu fiz contrato com quatro prefeituras e atendia todas elas.
— E mais tarde atendeu empresas também.
— Sim, várias, pai.
— E virou professora também, na faculdade.
"Vendo por esse lado, até que não foi tão ruim."
— Claro que não, Márcia. Tudo tem seu lado bom na vida.
— Você viu sua filha como professora?
— Claro que eu vi, assisti às suas aulas direitinho, viu?
Eu rio.
— E fez as lições?
Ele ri.
— Nem tanto.
Suspiro.
— Foram seis meses de perrengue, mas depois tudo começou a mudar.

"Sinto um orgulho dentro de mim."
— Isso é empreendedorismo, Márcia.
— É.
— Nada mais me assustou depois disso.
— Claro. Passou até fome.
"Uau!"
— De nada.
— O quê?
— De nada, filha.
— Como assim, de nada?
— Isso você puxou de mim.
Ele cai na gargalhada.
— Eu não acredito.
Suspiro.
— Acho que você tem razão, pai.
— No quê?
— Eu fui triste aqui, mas isso me fez dar uma virada profissionalmente.
— Eu sei...
— Virei autônoma, nunca paguei tanto imposto de renda na vida...
Ele ri.
— E depois cheguei a ter quarenta horas semanais na faculdade.
— E largou as prefeituras.
— Larguei.
"Estabilidade financeira."

Olho para a Márcia mais nova com menos pena agora.
"Dá até vontade de contar para ela."
— Contar o quê?
— Que é só uma fase, que tudo vai melhorar.
— Como foi com a sua mãe.
"Uau."
— É... e eu fiz tantos cursos, foram tantos aprendizados.
— Que orgulho. Uma filha com três pós-graduações.
— Nutrição clínica – eu digo.
— Nutrição social – meu pai completa.
— Estratégia de marketing.
Meu pai para e me olha.
— Essa foi a melhor, pai!
Fico admirada de perceber que meu pai sabe de cada detalhe da minha vida.
— Decorou meu currículo direitinho, hein, pai?
Ele me olha em silêncio e estica sua mão para mim.
— Vai me contratar?
Ele ri.
Pego sua mão e ele comenta.
— Eu sempre estive com você, filha.
Abaixo a cabeça.
Sem pensar, fecho os olhos.

CAPÍTULO 8:
A QUARTA RELAÇÃO

CENA 22

— Prepare-se!

Ouço esse alerta do meu pai, ao mesmo tempo que já escuto um grito abafado e barulhos estranhos.

Abro os olhos e vejo a mim mesma com outro namorado.

— Socorro! Socorro! Para!

"Ai, meu Deus. Socorro!"

— Para!

Vejo-a com falta de ar e sentindo dor.

Meus olhos imediatamente se enchem de lágrimas.

"Eu não quero chorar, não quero."

De boca aberta, olho para meu pai, que balança a cabeça de um lado a outro.

— Não há o que fazer, Márcia.

Nesse novo apartamento, me vejo obrigada a assistir à cena.

— Eu não quero você mexendo nas minhas coisas, Márcia.

— Mas você fica falando com outras mulheres na internet. Não sou eu que estou errada.

Ele solta o braço da minha outra versão.

Ela cai sentada no sofá e tenta voltar a respirar normalmente.

— Pai, eu não quero estar aqui. Não quero ver isso.

— Você tem que ver, Márcia!

"Quem dera esquecer esse dia."

O sociopata sai do apartamento batendo a porta.

Ela chora.

"Coitada."

Eu olho para meu pai.

— Pai...

Procuro em sua presença uma resposta para a dor de rever esse episódio.

Ele não esboça qualquer reação.

Dou alguns passos.

Sento-me em frente a mim mesma e observo as marcas no braço.

Meu pai permanece em pé, de braços cruzados, olhando para nós duas.

Me levanto.

"Fdp."

— É mesmo.

Encaro meu pai irritada.

— A culpa não foi minha.

Ele entorta a cabeça um pouco para o lado:

— Será, filha?

Olho para a minha versão mais nova chorando e volto a encarar meu pai.

— Por que seria minha responsabilidade um homem apertar meu braço por eu mesma ver que ele estava errando comigo? Ele vivia falando com outras mulheres pela internet, pai. E era agressivo comigo...

— Filha...

Eu cruzo os braços e fico bem de frente para ele. Resmungo.

— Em quanto tempo você conversou com esse sujeito pela internet e já aceitou ele morar aqui com você?

Eu abaixo a cabeça.

"Lá vem."

— Dois meses, Márcia. Dois meses.

Não ouso encará-lo agora.

— Isso lá é tempo para conhecer alguém e colocar dentro da sua casa?

Eu respondo baixinho, sem levantar o rosto:

— Não.

— Mas ele era profissional de ioga, tinha uma busca espiritual igual a minha.

— E isso é tudo o que você precisa para saber sobre alguém?

Ele respira fundo e bate os braços contra seu corpo.

— E me diga, Márcia, me diga.

"Ai, meu Deus."

— O que você o viu fazendo vinte dias depois que estava morando com você?

"Minha nossa. Ele sabe mesmo de tudo."

— Responde, Márcia, no seu tempo.

"Eu me rendo."

— Peguei ele conversando com outra na internet, exatamente como ele fazia comigo antes de vir morar aqui.

— Então.

Eu levanto a cabeça.

"Não tem como me esconder."

— Márcia.

Eu olho para ele sem dizer nada.

— Por que você ficou com ele?

Olho para os lados e volto a olhar seu rosto.

— Não sei.

— Filha.

Dou alguns passos para frente e para trás, me sentindo impaciente.

Resolvo dizer algo.

— Mas eu deixei de gostar dele depois disso.

— Tanto pior. Era mais um motivo para você ter mandado ele embora, mas você aceitou. Quantos anos, Márcia?

"Socorro."

— Quantos anos? Pode me dizer?

"Não tenho coragem."

— Não precisa ter coragem. Eu digo para você. Quatro anos!

"Quatro anos, meu Deus. Todos perdidos?"

— Não foram todos perdidos, Márcia, mas não precisava ter sido tanto tempo.

— Mais uma vez – eu desabafo.

A minha versão mais nova se levanta com a mão no braço marcado e lágrimas no rosto. Sai para tomar um banho.

"Na época, achava que tiraria o mal do meu corpo e do relacionamento com a água morna e limpa. Como eu gostava de me enganar."

— Você suportou quatro anos de abuso psicológico, minha filha.

Sinto-me perplexa.

— E traições, Márcia, que você fazia de conta não acreditar.

Eu caio no sofá, me sinto mal, triste, sem chão.

— Você acha que o Reinaldo não tinha nada de bom, pai?

— Tinha, filha. Tem ainda. Mas isso não justifica você manter um relacionamento assim.

— O que você quer dizer?

— A sombra dele era muito maior que a sua.

"É."

— Você podia ter continuado só como amiga dele, mas não como companheira.

Eu arregalo os olhos.

"Nunca tinha pensado nisso como uma opção."

— Ele tem o lado bom, que te ajudou a fazer outras coisas na vida, que nunca tinha feito.

Eu olho para saber o que ele tem a dizer.

— Te ajudou a parar de fumar.

"Isso foi o melhor."

— Você conheceu bons amigos através dele.
— Sim.
— Você foi para a Índia.

Eu rio, vendo o risinho de canto do meu pai ao falar dessa viagem inesquecível para mim.

— Você virou vegetariana.
— Eu sempre quis, só faltava o empurrãozinho, que veio dele.

Meu pai balança a cabeça em sinal de positivo.

— Ele era uma boa companhia para você, eu sei disso.

Eu concordo com os olhos.

— Ele fez com que você se abrisse para aventuras, esportes e até mesmo para a espiritualidade.
— Quantos mestres espirituais você conheceu?

"É verdade."

— Ele me deu coragem. Motivação.
— Esse foi um lado bom, mas esse lado podia ter sido só como amigo, filha.

Suspiro.

— Não como companheiro, eu entendo...
— Você não gostava dele.
— Eu sei...
— Você aceitou pagar um preço muito alto.
— A minha liberdade?
— E a sua paz.

Eu abaixo a cabeça.

— Ele era mal-humorado, Márcia, sofria de depressão, você nunca pensou nisso?

— Não sei.
— Ele tratava você mal na frente de outras pessoas.
"Que vergonha."
Meu pai se senta à minha frente.
— Márcia.
Eu fico olhando para o chão em silêncio.
Meu pai para de falar.
Ouço nossas respirações e o barulho do chuveiro ao longe.
Também posso sentir a tristeza que vem do banheiro.
Movimento os braços de um lado para o outro, como se pudesse sentir toda a dor daquele dia.
Pela primeira vez, observo o apartamento.
"Trégua."
Tem momento que não é fácil reviver.
"Passando a vida a limpo."
Meu pai pigarreia.
— É isso mesmo. Passando a vida a limpo.
Levanto-me e dou alguns passos pela sala.
Olho os móveis, os objetos, a vista da janela... até mesmo a minha velha bolsa amarela sobre uma mesa. Livros de ioga. Um molho de chaves e a minha carteira.
"É dolorido estar aqui. Não quero estar aqui."
Olho para meu pai.
— Márcia, se não fosse preciso, você não estaria aqui.
"Ele ainda escuta pela minha cabeça."
— Não tem como eu me esconder de você?
— Não.

Eu dou de ombros.

— Não sou seu inimigo, Márcia.

— E quem é meu inimigo, o Reinaldo?

— Não.

Faço um movimento brusco em direção ao meu pai:

— Não? Quem é, então?

Ele levanta as sobrancelhas, como se me pedisse para adivinhar.

— Quem?

Ele continua sem responder.

— Pense, Márcia.

"Não faço ideia do que ele quer dizer agora."

Ele aponta o queixo para a frente, na minha direção.

— Você mesma, minha filha.

— Como assim, pai?

Ele se senta e faz menção para eu me sentar novamente.

Sento-me.

Ficamos um de frente para o outro.

— Márcia.

Eu apenas olho.

— Todos esses anos, você tem guardado coisas dentro de você que influenciam suas ações.

— Como o que, pai?

Ele respira e faz uma leve pausa.

— Medo.

— Medo?

— É. Medo.

— Mas eu nunca tive medo de nada, pai.
Ele olha para a janela.
Balança a cabeça para baixo e para cima.
— Márcia.
Eu olho atentamente, sem coragem de argumentar.
— Você tem carregado dois grandes medos dentro de você a vida inteira.
Sinto-me apática, sem voz, sem ação, sem pensamento.
Mantenho o rosto em sua direção, mas não consigo reagir.
— Um medo é igual ao de sua mãe.
"Ah."
— O do dinheiro?
"Faz sentido."
Ele sinaliza que sim.
— E o outro?
Ele enche o peito antes de responder:
— O outro vem de mim.
— Como assim, pai?
Meu coração acelera. Sinto-me sem ar.
Fico olhando para ele, que me olha sério.
Silêncio.
— Que medo é esse, pai, que vem por sua causa?
— O medo de ficar sozinha.
Eu fico olhando para ele, sem compreender direito.
— Por que você foi embora?
— Exatamente.
Eu choro de olhos abertos, sem piscar.

— Eu sinto muito, filha.

Eu abaixo a cabeça e miro meus pés sobre o tapete.

— Você perdeu seu pai muito cedo.

Não movo um dedo sequer. Mal respiro.

— Inconscientemente, você criou e alimentou um medo terrível de passar por essa perda de novo.

"Ou algo parecido."

— Exatamente isso. Qualquer rejeição seria demais para você.

— Então eu aceitava tudo...

O barulho de água caindo do chuveiro cessa.

— O que você acha, Márcia?

Eu levanto a cabeça e olho à minha direita, para a vista da janela.

— É... faz sentido.

Silêncio.

— Eu sinto muito, filha.

Olho para ele.

— Obrigada.

Eu me ajeito no sofá e volto a olhar para baixo por alguns instantes.

Eu o encaro novamente.

— Obrigada por me fazer enxergar. Você tem razão.

Ele me olha em profundo silêncio.

— Eu nunca tinha pensado nisso antes, nem sequer enxergado dessa forma.

Meu pai suspira.

— É difícil perceber, pai.

— Eu sei. E eu sinto muito. Mas é melhor assim, não? Que você perceba?

Olho para todos os lados e ajeito as costas em nova posição contra o sofá.

— Não sei, pai. Talvez. Me diga você.

— Por que talvez?

— Se eu vou morrer, que diferença faz?

Meu pai sorri.

— Filha. Todo conhecimento sobre nós mesmos é importante. Não importa quando. Sempre é valia para nosso desenvolvimento.

— Sei.

— Quer ir embora?

— Não vou precisar mais ver o mulherengo, sedutor, conquistador, sociopata?

Ele levanta uma das sobrancelhas.

— Vamos ver. Talvez.

— Talvez? Mas eu não quero.

— Esqueceu que agora ele é seu companheiro de moradia?

— É. Mais ou menos.

— Antes o tivesse nomeado apenas um colega de moradia com mais antecedência, filha.

— É, eu sei. Já entendi.

Ele estica a mão para mim.

Olho em direção ao banheiro, como se quisesse me despedir.

"Mas não há tempo para isso."

Meu pai pega a minha mão e sinto o meu último suspiro nesse lugar.

CENA 23

Sinto uma paz tremenda no segundo seguinte.

O vento bate em meu rosto e me sinto no topo de uma montanha.

— Abra os olhos, Márcia.

Uma felicidade me invade assim que vejo onde eu estou.

Mato, verde, flores, céu azul, pássaros e borboletas.

Olho para meu pai boquiaberta.

— Aqui?

Meu pai ri.

Eu começo a correr e a gritar, como uma criança que acaba de ganhar um presente.

— Você merece, filha.

Eu sinto a grama fofa e levemente molhada sob meus pés, o ar puro, o cheiro de mato, além de inúmeros passarinhos cantando.

"Estou descalça. Viva!"

Meu pai aperta o passo atrás de mim e eu me viro para trás.

— Obrigada por me trazer aqui.

Ele põe as mãos na cintura e vejo o vento batendo também em seu rosto e bagunçando seu cabelo.

— O que é esse lugar, Márcia?

— Ué, você não sabe? Você que me trouxe aqui.

— Eu sei, mas quero ouvir de você.

Fecho os olhos e abro os braços como o Cristo Redentor.

Encho os pulmões sentindo o perfume de flores e solto devagar.

— Esse lugar marca um antes e depois na minha vida, pai.

Abro os olhos e vejo meu pai olhando para mim com um pouco de capim na mão.

Ele leva o montinho ao nariz e cheira.

— Somos bichos do mato, filha.

Eu rio.

— Somos.

"Como é bom ser bicho do mato e filha da terra."

— É mesmo.

Eu rio e giro em torno de mim mesma com os braços abertos, sentindo a liberdade de me conectar com a natureza e com este lugar.

Começo a caminhar ao lado do meu pai, lentamente, admirando cada pedacinho da enorme paisagem.

— O horizonte aqui parece não ter fim, Márcia.

— Este lugar é abençoado, seu Hélio.

— Seu Hélio?

Eu nunca o chamei pelo nome.

Ele ri.

— Mas você ainda não me contou que lugar é este, moça.

— Você está brincando comigo, pai?

— Claro que não. Só quero que você me conte.

Eu não consigo parar de sorrir.

— Em primeiro lugar, eu não quero ir embora.

Meu pai ri.

— Você nem sabe se o que vem depois é melhor ou não.

"Será que existe um lugar melhor do que este?"

— Existe.

— E como eu vou saber se eu vou para lá?

Meu pai arqueia as sobrancelhas.

— Sei.

— Em segundo lugar, isto aqui é uma fazenda, de uma empresa que faz retiros imersivos de desenvolvimento pessoal.

— E como foi para você esse retiro?

— Foi um livramento, uma paz, autoconhecimento e cura.

— Cura?

— Sim.

— Para quê?

Eu olho torto para ele:

— Bom, cura para a sua morte.

— Você curou minha morte, Márcia, como assim?

Eu resmungo.

— Eu aceitei sua morte.

— Ah...

— Tem certeza de que aceitou?

— Tá, tá, comecei a aceitar melhor.

— Agora sim. Muito bem.

Eu espremo o canto da boca e olho para ele.

— E o que mais, filha?

— Também consegui a cura para o medo da minha mãe em relação ao dinheiro.

Meu pai fala em tom sarcástico.

— Ah, então você veio se curar do medo da sua mãe, que era o mesmo que existia em você?

Não consigo deixar de rir.

"Droga."

— Droga, nada. É bom que você esteja percebendo melhor algumas coisas.

Eu entorto a cabeça e olho para ele.

— Foi para isso que eu vim.

— Sei.

Risos.

— Me conte mais, filha.

— Eu fiquei sete dias aqui, pai.

— E como foi?

— Eu fiz uma série de terapias, como catarse, constelação sistêmica, várias, várias, várias...

— E o que mais?

— Foi uma reconstrução de tudo que eu era. Uma ressignificação.

— Hum.

— Sabe, pai? Eu acho que todo mundo deveria poder fazer isso ao menos uma vez na vida.

Ele me olha com atenção.

Lembro-me de algo e começo a rir.

Tenho que segurar a barriga de tanto que rio.

Eu olho para meu pai, para averiguar se ele sabe do que estou rindo.

— Claro que eu sei, Márcia.

Ele fica sorrindo e olhando para mim.

— Foi quando você rompeu relação em definitivo com o sociopata.

— E mandei ele dormir na sala.

— É... mas deveria ter saído do seu apartamento, né?

— Ah, pai, isso não durou muito tempo.

— Enfim se tornaram o que deveriam ter sido desde o início: apenas companheiros de aluguel!

Eu fico curiosa.

— Então eu não precisava ter ficado com ele?

— Não.

— Não?

— Não.

— Simples assim?

Meu pai me oferece sua mão.

— Simples assim.

Eu olho ao meu redor esse lugar lindo, tentando guardar o cheiro ao máximo em minhas narinas, antes de ir embora.

— Já temos que ir?

— Sim.

— Não posso ficar?

— Não.

— Mas eu queria ficar, pai.
Ele balança as mãos para mim.
— Vamos, Márcia.
— Ah...
Olho para as flores e pego sua mão.
Fecho os olhos.
"Seja o que Deus quiser."

CENA 24

Ouço pessoas falando em espanhol e uma nova temperatura envolve meu corpo.
Abro os olhos e percebo que estou em outro país.
Olho para meu pai, com sorriso de orelha a orelha.
— Chile?
— Chile!
— Não acredito!
— Por quê? Quer voltar para a fazenda?
"Não sei. Ai, meu Deus. E agora? Não sei onde é melhor..."
Eu rio, segurando o estômago mais uma vez.
— Nós estamos em Atacama, pai.
— Pois é.
Não consigo falar, numa mistura de riso, falta de ar e contentamento.
— Não, não é isso. É que...
Risos.
Meu pai ri, me assistindo em plena alegria.

Eu me recomponho e olho o cenário a minha volta.
— É o vilarejo...
Ele ri.
— É uma cidade linda, pai.
— É um país lindo, filha.
— É mesmo.
Como é bom sentir o vento batendo em meu rosto e o cheiro do ar puro em meio à natureza.
Há muitas árvores e mato ao nosso redor.
"Um lugar de deserto."
Começamos a caminhar, lentamente, admirando as ruas de terra.
— É um vilarejo único, pai.
— Sim, eu sei.
Meu pai pega um pedaço de mato e leva até o nariz.
Eu fecho os olhos por um instante e sinto o cheiro que tanto amo: mato, flores, orvalho...
— Você foi corajosa, Márcia.
Eu me abaixo e recolho uma flor.
— Como assim, pai?
Eu a levo até o nariz e sinto seu cheiro.
"Que delícia."
— Você viajou sozinha por um país desconhecido.
— Por quarenta dias – eu respondo, toda orgulhosa.
— Na verdade, você sempre viajava sozinha, né filha?
Ele me olha de canto e para por um momento.
— É – respondo.
— Mochilão, Márcia.

Eu rio.

— Você acompanhou minhas viagens de mochilão mundo afora, pai?

— Até doer os pés, filha...

Ele ri.

Caminhamos, admirando o lugar em silêncio por um breve momento.

Fico admirando as poucas casas e o pequeno armazém com crianças na frente dele.

— Como você está se sentindo, Márcia?

— Aqui? Feliz! Muito feliz!

— E o que mais?

Eu rio.

— Você gosta dessa pergunta, né?

Ele suspira e ri.

— Márcia, é importante que você entenda as coisas no dia de hoje.

— Só no dia de hoje?

Ele para de caminhar e vira de frente para mim.

— Não houve um antes e depois na fazenda para você?

— Sim.

— Não houve um antes e depois aqui no Chile para você também?

— Sim.

Ele toca meus ombros e me olha com firmeza:

— Você terá o mais significativo antes e depois da sua vida com o dia de hoje.

Eu arregalo os olhos e me percebo de boca aberta.

— É importante que você compreenda, filha.

Eu fico sem saber o que dizer.

— Você vai embora?

— Ainda não.

— Eu vou com você?

— Nós nunca ficaremos separados, Márcia.

— Jura?

— Nós nunca sequer estivemos separados todos esses anos.

— Mas eu nunca soube.

— Sua alma soube.

"Uau."

Eu respiro profundamente e um gemido espontâneo sai de minha boca.

Meu pai tira as mãos de meus ombros e volta a caminhar.

Eu sigo ao seu lado.

— Pai?

— Oi?

— Por que estamos aqui?

— Você lembra o que sentiu no aeroporto de Santiago, antes de chegar até aqui?

Eu paro de caminhar.

— Entendi.

Ele me olha e não diz nada.

— Meus primeiros sintomas?

— Isso.

Eu me lembro de algo.

— Mas eu senti alguns sintomas na praia também, correndo. Bem antes dessa viagem.
— Seu tornozelo ficava inchado.
— É, muito inchado.
— Mas não foi um sintoma tão forte e significativo quanto aqui.
— Eu também sentia as pernas muito pesadas em escadas pequenas.
— Você não dava importância.
— Isso é.
Eu abaixo a cabeça e coloco a mão no queixo.
— Por que aqui, pai?
— Era importante que você estivesse sozinha.
— Por quê?
— Para você prestar mais atenção ao seu corpo.
— Hum.
— Você não aprendeu a ouvir seu corpo totalmente ainda.
"O que ele quer dizer?"
— Você vai aprender a partir de agora. Seu corpo fala com você o tempo todo.
— Sei.
Nós damos uns passos em silêncio.
— Como foi o que você vivenciou aqui? Pode me contar?
— Eu estava sentada no aeroporto, antes de vir para cá, e não senti nada na minha perna, absolutamente nada.
— E o que mais?

"E o que mais?"

Eu rio por dentro dessa frase.

— Eu caí no chão.

— Sentiu medo?

— Um pouco, porque eu não imaginava que pudesse ser o que realmente fui descobrir depois.

— E o que mais?

— Eu fui ao banheiro, massageei minha perna, achando que não era nada demais.

— E daí?

— E daí, nada. Eu continuei a viagem e depois voltei para o Brasil.

— Corajosa.

Eu dou um largo sorriso.

— Você acha mesmo?

— Muito. Mas um pouco relapsa também.

Abaixo a cabeça.

— Você demorou um pouco a descobrir o que você tem. Podia ter sido fatal, Márcia.

— É. Eu sei.

— Me dê sua mão.

— Já?

— Já.

Meu pai se posiciona à minha frente para falar comigo.

— Essas duas últimas lembranças foram algumas das melhores que você tem na sua vida, não foram?

Eu sorrio.

— Sim, eu amei estar aqui e na fazenda. Obrigada.

Ele abaixa a cabeça um instante sorrindo.
— Filha. Não precisa agradecer.
— Tá.
— Mas a vida não é feita só de boas lembranças, você sabe bem disso.
— O que você quer dizer?
— Que temos que encarar os fatos tristes e ruins também.
"Oh, oh."
— Para onde vamos?
— Confie!
— Eu confio.
Eu estou tão feliz, que apenas me deixo levar.
"Acho que já me sinto outra, desde que tudo isso começou."
— Essa é a ideia, filha.
Olho ao meu redor, fazendo uma reverência interna, e me despeço de toda beleza do lugar, levando seu cheiro comigo.
Aperto sua mão.
Fecho os olhos e sinto a força do meu pai com seu toque.
"Vamos!"

CENA 25

Antes mesmo de abrir os olhos, ouço vozes falando baixo, como num hospital, um restaurante ou algo assim. Surpreendo-me quando me dou conta de onde estou.
Engulo seco e solto a mão do meu pai.
"É o velório da minha mãe."

Solto o ar fazendo barulho.

Meu pai me olha, entrelaça suas mãos para trás e começa a caminhar.

"Nossa..."

Eu faço exatamente o mesmo.

Ele dá alguns passos e para. Eu paro também.

— Nem vou perguntar por que estamos aqui.

— Que bom.

Ele me olha sério, dá dois passos e para.

— Foi um dia triste.

— Foi, mas não tanto como quando você morreu.

Ele fica me olhando agora.

— E você saberia dizer por quê?

Penso.

— Quando você morreu, foi algo inesperado, todos éramos crianças e minha mãe era uma simples dona de casa. Ninguém estava preparado para a sua morte, foi muito inusitada.

— Hum. E o que mais?

— A minha mãe já tinha idade, teve uma vida inteira vivida, criou os filhos, todos se formaram. É claro que ninguém queria que ela morresse, mas, no caso dela, fazia parte da vida. A idade chegou.

— Infarto...

— Infarto.

— Simples assim?

— É. Simples assim.

— E o que mais?

Eu dou um leve sorriso irônico.

"Sempre essa pergunta. E o que mais?"

— Não sei o que mais, pai.

— Tem uma diferença muito importante na partida da sua mãe em relação à minha.

Eu arregalo os olhos.

— Qual?

Ele limpa a garganta fazendo um pouco de barulho. Meu pai me encara.

— Você não culpou a sua mãe de nada.

"Uau."

— É – ele responde meu pensamento.

— É verdade...

Olho a minha mãe no caixão, de longe, e percebo que a tristeza não é tão grande quanto a que senti e carreguei a vida inteira pela morte do meu pai.

"A morte dela foi um processo natural. Ela envelheceu e morreu, depois de viver muito."

— Eu sei, filha.

— Quem é que decide quando as pessoas morrem, pai?

— Eu não vim aqui para isso, Márcia. Você tem coisas mais importantes para compreender.

— Sei.

Observo todos os meus irmãos sentados perto do caixão. Em seguida, observo a minha versão pouco tempo mais nova do que agora vindo do banheiro para se sentar ao lado deles.

Meu pai cruza os braços e fica em silêncio, olhando naquela direção.

Eu faço o mesmo.

Encho os pulmões e solto lentamente.

— Sua mãe teve uma vida produtiva, Márcia. Ela cresceu muito internamente.

— Eu sei. Foi uma guerreira.

— E o medo que ela tinha da escassez era uma das lições que ela tinha para amadurecer nesta vida.

Eu arqueio as sobrancelhas e fico pensando.

"Então eu também vim aprender essa mesma lição?"

Meu pai vira o pescoço para mim.

— Veio!

Observo a mim mesma e ao meu pai naquela cena.

Nós dois em pé, de braços cruzados, sem sermos vistos, enquanto todos voltam seus pensamentos para o falecimento da minha mãe.

"Coitada."

— Não diga isso, filha. Sua mãe não era uma coitada.

— Eu sei, mas talvez ela pudesse ter vivido mais.

— Todos vamos quando temos de ir.

— Talvez ela pudesse ter tido uma vida melhor, sabe?

— Filha, nós vivemos exatamente o que temos de viver.

Eu olho para ele.

— É. Eu não entendo muito bem disso. Mas espero que você esteja certo.

Ele espreme os lábios e balança a cabeça.

— Olha lá, Márcia.

Meu pai estica o queixo para a direção da minha versão mais nova.

— Olha lá quem se sentou do seu lado.

"Ai, meu Deus."

— Esse sociopata não foi gentil com você nem no dia da morte da sua mãe.

— Eu sei, eu sei, ele é assim mesmo, como você o chama: sociopata.

— Por que, Márcia? Por quê?

Abaixo a cabeça um instante.

— Por que ficou tanto tempo?

— Bom, segundo você e pelo que eu entendi, a culpa é sua: porque, já que nunca aceitei sua perda, não fui capaz de ficar sozinha e sempre aceitei qualquer idiota do meu lado para não sofrer mais outra falta masculina na minha vida.

Eu resmungo.

Meu pai ri.

— É. É mais ou menos assim.

— E qual é o menos?

— A culpa não é minha.

Eu olho de lado para ele e fico quieta.

— Você tem que parar de me culpar, Márcia, para que sua vida flua, minha filha.

"Será?"

— Te garanto!

Eu olho para o Reinaldo outra vez.

"Como é pequeno, meu Deus, este sim é um coitado."

— Agora sim. Este você pode chamar de coitado.

Eu suspiro.

— Aí ele já era só meu companheiro de casa, pai. Não estávamos mais juntos.

— Eu sei filha, mas alguém assim, como ele, não acrescentava muito à sua vida.

— Mas você não disse que a gente deveria ter sido só colegas?

— Sim, mas não ainda morando na sua casa e vindo no velório da sua mãe. Para isso, ele não serve.

— Tá. Entendi.

— Acho bom.

— E acho que você tem razão.

— Vivas!

Dou uma risadinha fazendo careta.

Caminho em direção ao caixão.

Meu pai não se move.

Olho para minha mãe e vejo um semblante tranquilo.

"Obrigada, mãe!"

Respiro fundo.

"Me sinto bem em dizer isso... que bom."

Olho para trás.

Meu pai continua lá, parado e observando.

Olho nos olhos de cada um dos meus irmãos.

"Aceitação... Faz uma diferença enorme."

Olho para trás e meu pai faz sinal de joia para mim.

"Pare de olhar dentro da minha cabeça."

Ando até adiante dos meus irmãos e paro.

"Sei que eles não podem me ver ou ouvir, mas sinto vontade de fazer isso agora."

Abaixo meu corpo com as mãos unidas junto ao coração.
— Obrigada!
Paro em frente a cada um deles e repito:
— Obrigada.
Sinto-me feliz por agradecer tanto às minhas irmãs adotadas quanto aos irmãos de sangue. Todos fazem parte da minha vida.

Meus olhos ficam lacrimejados e eu caminho até o meu pai.
— Já podemos ir?
— Ainda não.
— O que falta?
— Você perceber algo.
— E o que seria?
Ele levanta as sobrancelhas e respira.
— Quando você descobriu a doença?
Coloco as mãos na cintura.
Penso.
— É. Foi um tempo depois da morte da minha mãe.
— E o que você acha disso?
Fico olhando para ele, tentando descobrir aonde ele quer chegar.
— Não sei, pai. Acho que deve ter sido bom.
— Por quê?
"Acho que estou no caminho certo."
— Está.
— Bom, se eu tivesse descoberto a doença antes, minha mãe teria sofrido.

Ele balança a cabeça em sinal de afirmação.

— E o que mais?

— Bem, eu teria sofrido, se ela sofresse me vendo sofrer.

— Pronto.

— O quê?

— Agora podemos ir embora.

— Sério?

— Seriíssimo.

Eu rio.

Olho para a direção do caixão e dos meus irmãos novamente e me despeço.

O Reinaldo, eu pulo.

Meu pai sorri.

Estico a mão para o meu pai e fecho os olhos.

Sinto sua mão me apertar.

"Onde será agora?"

CAPÍTULO 9: A CIRURGIA

CENA 26

Sinto um pouco de frio.

Logo, me vejo em frente ao médico que descobriu o diagnóstico.

"Hum, não gosto muito de estar aqui."

Uma sala um tanto pequena e fria.

"Pior é a frieza da notícia."

Vejo a minha versão, quase que atual, sentada em frente ao neurologista.

Olho para o meu pai, também em pé, ao meu lado.

— Como foi estar aqui, Márcia?

— Bom e ruim.

Olho para o médico analisando alguns exames.

— O que foi bom?

Suspiro.

— Finalmente saber o que era, eu já tinha ido em ortopedista, outros médicos e os sintomas continuavam.

— Você queria saber?

— Acho que sim. A verdade pode ser ruim, mas é melhor do que não saber.

— Muito bem.

O médico levanta e abre a janela. Dá para perceber sua falta de otimismo.

— E a parte ruim, Márcia?

Eu aponto o médico com o queixo.

— Isso aí, olha.

Ele olha na direção do neurologista.

— O quê?

— Um diagnóstico terrível.

Ele me olha.

O som do médico falando com a minha outra versão fica baixo e de fundo, como se fosse um filme passando na televisão.

— Márcia.

— E o que mais?

"Não acredito."

— O que você espera que eu fale?

— Me fale mais dessa doença.

— O que você quer saber, pai?

— O que ela é? Como surgiu?

— Ela se chama angioma cavernoso do sistema nervoso central.

— E como surgiu em você? Por quê?

— Os médicos não têm como responder. É uma bola de sangue que cresceu na minha cabeça.

— É uma coisa comum?
— Extremamente raro. Atinge de 0,5 a 0,7 por cento da população.
— E você foi premiada?
— Fui.

Risos.

— E você nunca sentiu nada na sua cabeça?
— Não.
— Sinto muito.
— Tudo bem, pai. Por isso você está aqui, não é mesmo?
— E isso faz valer a pena?
— Faz.

Silêncio.

— E desde quando você tem isso na sua cabeça?
— Bem, pode ter sido de pouco tempo para cá, alguns anos ou até quase de uma vida inteira.

"Quem sabe, desde que você se foi..."

— Márcia... não pense assim.
— Por quê?
— Não é preciso entender tudo nesses mínimos detalhes.
— Mas é possível, não é mesmo?
— É.

Ele abaixa a cabeça, depois olha para a janela. E continua.

— É genético?
— No meu caso não, porque é muito grande, quase do tamanho de uma bola de tênis.
— Nossa.

"É..."

— Você está com medo?

Eu olho para ele.

— Como posso sentir medo estando aqui, com essa sensação de paz?

Ele respira fundo, sem desviar o olhar.

— E você nunca sentiu dor?

— Eu tinha dores de cabeça e vivia tomando remédio, mas nunca pensei que pudesse ser outra coisa, a não ser uma dor de cabeça comum.

Meu pai suspira.

— Você tem que aprender a ouvir seu corpo, Márcia.

"Estou percebendo isso agora."

— Que bom.

— Eu acho que você tem razão, pai...

— Sobre o quê?

— Sobre essa coisa de ouvir meu corpo.

Ele põe a mão no queixo e fica me olhando.

— Há uns três anos já, eu sinto uma pressão na cabeça, como se fosse uma labirintite, mas eu nunca dei bola.

— Perigoso...

— Sim. Agora eu sei.

— Chega a ser uma negligência com a sua própria vida.

— É, estou vendo claramente agora.

— Que isso mude dentro de você, minha filha.

Eu respiro.

— E o que mais?

Eu rio, pensando no que vai acontecer.

— Do que você está rindo, Márcia?

— Se você quiser saber mais, é só ver o que vai acontecer.

— O que vai acontecer?

— Em pouco tempo, eu vou sair daqui, rumo a um hospital em Belo Horizonte, de avião, sem poder mexer a cabeça.

— Mas por que, se você fez isso o tempo todo, até descobrir o problema?

Eu encho o pulmão e solto o ar devagar.

Olho para minha versão na cadeira e, em seguida, para meu pai.

— Eu estava correndo risco de morrer o tempo todo, pai, só não sabia.

— Você tem uma espécie de bomba-relógio na cabeça, é isso?

— Exatamente.

— Como é pra você saber disso?

Eu olho para fora da janela.

— Eu não sei, não sinto muita coisa.

— Como assim?

— Não tenho medo, me sinto forte.

Olho para ele.

— Não por causa dessa experiência, mesmo antes da cirurgia, eu me senti segura.

— É assim que tinha de ser, Márcia.

— É estranho, pai, mas, de alguma maneira, eu acho que tinha que passar por isso.

Meu pai levanta um braço como se tivesse acabado de ganhar uma competição.

— Isso! Isso! Isso!

Ele comemora.

— O que eu disse foi tão bom assim?

— Aceitação, Márcia. Faz toda a diferença.

"Faz toda a diferença. É verdade."

— E o que mais? Me conta.

— Bom, daqui até o momento da cirurgia ainda vai levar umas três semanas...

— Processos burocráticos?

— É.

Risos.

— Uma pessoa prestes a morrer aguardando os engessados processos empresariais.

— Onde entra a aceitação agora, pai?

Ele balança a cabeça e não responde.

— E o que pode acontecer depois?

Eu balanço a cabeça e coloco as mãos na cintura.

— Acho que você sabe mais do que eu, não?

— Eu? Eu não...

— Pai!

— O quê?

— Como não?

— Eu não sei de nada, só vim aqui para conversar.

Movimento meu corpo e vejo o médico explicando o que meu pai acabou de perguntar.

Cutuco seu braço com o cotovelo.

— Olha o que ele vai dizer para ela.

Meu pai vira o rosto para o médico, que diz:

— Você deverá ter complicações na sua perna devido à região que será afetada no cérebro com a cirurgia.

A minha versão apenas escuta com atenção, sem falar quase nada.

Ele continua:

— Se estender um pouquinho o processo, vai pegar o braço também. Se estender um pouco, vai afetar sua voz. E se estender um pouco mais, vai atingir a respiração.

"Pobre de mim."

— Porque a sequência de onde vai ser tirado segue essas funções e tudo fica ligado ao fato de ocorrer um sangramento em cada uma dessas áreas ou não.

Meu pai pega em meu braço e eu volto minha atenção para ele.

— Você está com medo?

Balanço a cabeça.

— Não.

— Não mesmo?

— Não.

— E como não?

— Pai! Eu não sinto nada de ruim neste instante. E antes de vir parar aqui, também não sentia.

— Como não, Márcia?

— Eu não sei explicar. Me senti segura o tempo todo.

— Ótimo.

Eu olho para ele e entorto o pescoço.

— E agora mais ainda.

— Por quê?

— Porque eu acho que vou morrer e gosto do que sinto desde que você veio me buscar.

Meu pai ri.

— Eu não vim te buscar.

Eu rio.

— Veio sim.

— Eu já disse que vim para conversar.

Eu paro de rir.

— O que vai acontecer depois, pai?

Ele respira e olha para baixo.

— Eu não posso dizer.

— Mas, então, você sabe?

— Sei.

Eu faço bico.

"O que vai acontecer comigo?"

— Vamos?

Meu pai me dá a mão.

— Eu tenho outra opção?

— Não?

— E o que mais?

Pergunto e aperto sua mão.

Risos.

CENA 27

"Nossa, está gelado!"

Pi... pi... pi...

Abro os olhos e vejo que voltamos para a sala de cirurgia.

Está tudo igual: meu corpo sobre a mesa, médicos e enfermeiros ao meu redor e sons de equipamentos.

Pi... pi... pi...

— Pai!

Eu abraço meu pai pela primeira vez em todo esse tempo.

Ele me abraça de volta.

Silêncio.

Nem mesmo o pipipi se faz presente.

"Que estranho... por que eu não abracei ele antes?"

— Porque você ainda estava me culpando.

— Pai! Eu não quero que acabe.

— Não quer que acabe o que, filha?

— Este momento.

Eu choro.

— Por favor, não vai embora.

Ele para de me abraçar e segura meus braços, me olha nos olhos.

Lágrimas escorrem em meu rosto.

— Márcia.

Eu olho para o chão e, pela primeira vez, não me sinto feliz.

— Márcia, minha filha.

Ele levanta o meu queixo para cima.

— Você aprendeu muito hoje.

— Eu sei.

Ele sorri.

— Você já está pronta, filha.

— Pronta para quê? Para morrer?

— Depende do que você chama de morrer.

Eu bato os pés no chão.

— Você diz isso toda hora, mas eu não sei o que isso quer dizer!

Meu pai passa uma das mãos na minha bochecha.

— O que você considera morrer, Márcia?

— É como o que aconteceu com você e com a minha mãe.

— Então você não vai morrer, minha filha.

— Só isso?

— Não, filha.

— E o que mais?

Ele ri:

— Agora você é que pergunta "e o que mais"?

Eu rio:

— É.

Abaixo a cabeça um instante e volto a olhar para ele.

— Márcia. Tudo isso aconteceu para que a última versão de você pudesse morrer.

— O que isso quer dizer?

Ele olha para o meu corpo sobre a mesa cirúrgica.

— Sabe a velha Márcia, aquela que tem medo de escassez e de ficar sozinha?
Espremo os lábios para o lado.
— Sei...
— Essa já não existe mais.
— É?
— É, filha. Tudo vai mudar.
Sinto as sobrancelhas rígidas na testa.
— Como assim, pai?
— Nada vai ser como antes.
— O que isso quer dizer? Eu vou ficar com sequelas?
Ele ri.
— Isso não é o mais importante.
— E o que é o mais importante?
— A aceitação que nasceu hoje em você.
Eu o abraço.
— Eu não quero que você vá embora, pai.
— E quem disse que eu vou embora?
Eu continuo agarrada a seu corpo.
— Eu estou com medo.
Ele me afasta segurando meus braços e olha para meu rosto.
— Por que você está com medo agora, Márcia?
— Porque nós estamos aqui e não mais nos outros lugares.
— Nós nunca saímos daqui.
Eu olho para todos os cantos da sala.

— Como não, pai? Nós estivemos em vários lugares. Na fábrica em que você trabalhava, no seu carro velho, na nossa casa quando eu era criança, no seu velório, nos apartamentos em que eu morei, na pousada, no meu trabalho, na estrada em que eu quase sofri um acidente, na faculdade, na fazenda, no Chile, no velório da mãe e até no consultório médico.

Eu perco o fôlego.

Meu pai passa a mão na minha cabeça.

— Nós não saímos um momento sequer desta sala, minha filha.

— Mas, mas...

Ele passa a mão do outro lado do meu cabelo e me olha nos olhos com tanta ternura.

— Eu não entendo, pai.

— Filha, foram suas lembranças.

— Mas como podem ser tão vivas?

— No lugar do meio é assim mesmo, é tudo mais vivo, mais forte.

— Eu não entendo.

— Não tem que entender, basta que você sinta.

Eu agarro meu pai com força.

— Não vai embora, pai, por favor...

— Márcia.

Ficamos um tempo assim, abraçados e em silêncio.

Percebo uma movimentação diferente ao redor da mesa de cirurgia e olho para trás.

— O que está acontecendo?
— Está chegando a hora, filha.
— Hora do que, pai?
— Eles terminaram.
— Terminaram?
— Sim, olha lá o tamanho do seu cavernoma.
Eu olho e desvio o olhar.
Uma bandeja cheia de sangue.
— Não gosto de olhar.
— Não precisa.
Volto a olhar para meu pai.
— E agora?
— Agora?
— É.
— Você vai acordar, linda e feliz, no seu quarto, aqui no hospital.
— E você?
— Eu vou estar lá com você.
— Mas pai, eu não vou poder ver você.
— Márcia...
Eu não consigo segurar as lágrimas.
— Basta que você sinta, filha.
— E se eu não lembrar de tudo isso?
— Não é essencial que você se lembre.
Eu bato os pés no chão.
— Mas eu quero lembrar!
— Márcia...

— E se for só um sonho?
Eu choro.
Minha cabeça começa a girar.
— Pai!
— Vai ficar tudo bem, filha.
— Pai!
— Você vai se lembrar. No momento certo.
— Eu não quero ir, pai!
— Eu te amo, minha filha.
— Pai!
Eu sinto que perco os sentidos. As fumaças no chão começam a subir.
Pi... pi... pi...
— Pai!
Pi... pi... pi...
— Não me deixe!

CENA 28

"Ai, minha cabeça..."
Mexo meu corpo com um pouco de dificuldade.
Tem um peso em meu corpo.
"O que está acontecendo?"
Antes de abrir os olhos, levo a mão esquerda até a minha cabeça e sinto uma faixa apertando meu crânio.
Abro os olhos.
— Olá, Márcia! Bem-vinda de volta.

Uma enfermeira está aplicando alguma coisa num soro, que segue até meu braço.

Ela termina e se posiciona bem à minha frente.

— Como você se sente?

— Bem, eu acho... um pouco atordoada.

— Ah, é normal. Correu tudo bem, viu?

— É?

— É. Nove horas de cirurgia.

— Nove horas? Uau.

Toco a minha cabeça mais uma vez, com cuidado.

— O médico está aqui, viu, para olhar você.

Eu me mexo na cama e observo o teto e os lados.

"Graças a Deus, deu tudo certo. Obrigada, meu Deus."

O médico fala comigo.

— Márcia, Márcia, Márcia, deu tudo certo, viu?!

— É?

— Agora você vai ficar quarenta e oito horas na UTI e depois vai para o quarto.

"Eu me sinto tão atordoada. Não consigo raciocinar direito."

— Pode dormir, Márcia, descanse. Está tudo bem.

Eu fecho os olhos.

Tenho a boa sensação de estar dopada e sendo cuidada.

"Obrigada, meu Deus, pela minha vida."

Apago.

CENA 29

Eu estou no quarto do hospital.

"Graças a Deus, deu tudo certo."

Depois dos dois dias na UTI, o alívio de estar viva, sã e salva.

— Eu não sinto o meu braço direito.

— Não se preocupe, Márcia, isso pode acontecer após a cirurgia.

— Mas eu não sinto nada.

— E a perna direita, Márcia, você sente?

— A perna eu sinto, sim, mas ela está um pouco fraca.

— Bom, mas a perna, o médico já sabia que você teria que reabilitar, não é isso?

— É.

— Calma, o médico já está chegando.

A enfermeira me dá um remédio para tomar.

— Este é o último. Não vai precisar mais.

— Tá.

Eu tomo o comprimido e bebo um gole de água num copinho plástico.

Tenho dificuldade para me movimentar, sem sentir o braço direito.

"Eu sou destra, poxa."

Vejo o médico entrando.

— Bom dia, Márcia! Como você se sente?

Suspiro, tocando o meu braço direito.

— Meu braço não mexe, doutor.

Ele parou onde estava.
— Nada? Não mexe nada?
Eu olho para o meu braço.
— Nada.
O médico engole seco.
"Agora eu tenho uma história para contar!"
Sorrio.
— Você está sorrindo, Márcia?
O médico me olha de boca aberta.
— Estou feliz, doutor.
Ele se aproxima de mim.
— Vamos ver o seu braço.
Ele faz alguns movimentos e nada.
— Vou pedir uma tomografia para compreender melhor o que aconteceu, viu?
— Tá bom.
Ele fica me olhando sério, enquanto eu sorrio.
— Está tudo bem, doutor?
Ele balança o rosto e fala com a enfermeira.
— Vamos providenciar a tomografia dela o mais rápido possível, por favor.
A enfermeira sai.
— Vai dar tudo certo, Márcia.
Eu rio.
— Já deu certo, doutor.
Eu rio outra vez.
"Não sei por que estou rindo."

CENA 30

Eu estou sentada na cama do hospital, terminando de comer um lanche.

"Pãozinho, geleia, manteiga, chá e iogurte."

— Até que está bom para um lanche no hospital.

Eu sorrio para a enfermeira.

Ela me olha boquiaberta por um instante.

O médico chega com o que parece ser o resultado da tomografia nas mãos.

— Márcia, descobri o que aconteceu.

— Sério, doutor?

Ele abre o exame e começa a explicar.

— Houve um pequeno sangramento no final da região de onde retiramos o cavernoma.

— Sei.

Ele continua explicando e eu me sinto bem.

Eu percebo que me sinto mais calma do que o médico.

"Há uma paz dentro de mim, que eu não sei de onde vem."

— Márcia?

— Oi, doutor?

— Você entendeu que vai começar um longo processo de fisioterapia para seu braço, mão, pé e perna?

— Sim, sim; na verdade, o senhor já tinha me alertado para essa possibilidade antes da cirurgia.

Ele balança a cabeça.

— Está tudo bem, doutor. Eu já estava preparada para isso.

— Que bom, Márcia. Que bom.

Ele continua me explicando alguns procedimentos e cuidados que eu devo ter, já que estou quase de alta médica.

"Eu estou indo para casa."

CENA 31

Quatro meses depois da cirurgia.

Em casa.

"Lar, doce lar."

No meu escritório, sentada frente à escrivaninha, ouvindo um som de ioga.

Eu estou comendo um pedaço de bolo, enquanto faço uma anotação e digito um pequeno texto no *laptop*.

"Não é fácil fazer tudo isso com um só lado do corpo. E o esquerdo, ainda por cima."

Eu rio sozinha.

"De repente, virei canhota."

O garfo cai no chão.

— Caramba.

Lá vou eu, com o meu lado esquerdo mega super hiperfuncional, me abaixar para o resgate do talher.

Eu me abaixo com dificuldade e consigo.

— Viva!

"Vai com o garfo sujo mesmo."

Termino o bolo e, em seguida, o texto.

— Aiiiiiiiiii!
Uma forte dor num ombro.
— Que dor é essa, meu Deus?
Sinto uma pontada novamente.
— Aiii!
"O que é isso?"
Fecho o *laptop* e deixo a anotação de lado.
Pego o telefone e mando um áudio para o médico.
[15h15] Márcia: Doutor, estou com uma dor terrível no braço, uma pontada que começa num ombro, de uma maneira muito forte. Não consigo me mexer direito. O que eu faço? Por favor. Obrigada.
Não me movimento por um bom tempo.
"Que engraçado. Antes eu não dava bola para nenhuma dor que sentisse. Agora, depois da cirurgia, eu fico atenta a qualquer sensação do meu corpo."
A dor melhora, mas continua.
— Aiii!
"Ainda bem que tenho um bom convênio médico. E reservas, que me permitiram estar parada profissionalmente agora."
— Obrigada, meu Deus!
"Será que demora a passar?"
— Aiii!

CENA 32

Seis meses se passaram.

Seis meses de fisioterapia, dores e dentro de casa.

Estou sentada numa poltrona no canto da sala, fazendo um curso de *mindset on-line*.

Um vídeo está narrando a história de uma pessoa que superou uma doença grave por meio do desenvolvimento pessoal e autoconhecimento.

— Parece alguém que eu conheço...

"É incrível a minha capacidade criativa. O quanto aumentou depois da cirurgia. Como tudo na vida: perde-se de um lado, ganha-se do outro."

Dou um *pause* no vídeo.

Observo a minha mão direita, roxa, manchada e inchada.

Acaricio esta mão com a mão esquerda.

— Você vai melhorar, viu? Não se preocupe.

Olho com carinho para a deformidade que se fez por conta da síndrome ombro-mão e tento não me abater.

"Deus me salvou, me deixou viva."

Pior do que isso foi a dor neuropática no ombro, que me trouxe muita dor e noites mal dormidas: sentada.

"Não foi fácil."

Aperto o *play* novamente e continuo assistindo.

— Foco, Márcia! Foco!

Tem sido meses de fisioterapia e desenvolvimento pessoal.

"Nada vai me abater."

CENA 33

Mais de dois anos se passaram.

O primeiro ano foi dedicado com exclusividade à minha reabilitação.

Estou em casa, trabalhando no meu escritório, em um dos vários cursos *on-line* para alunos de *marketing* e desenvolvimento pessoal.

O telefone vibra.

Suspiro.

Pego o celular e há uma mensagem de um desconhecido.

— Carlos? Quem é Carlos?

"Deixa eu ler."

[19h30] Carlos: Oi, Márcia! Tudo bem? Acabei de assistir a um vídeo seu, de inteligência emocional e sobre superação. Estou encantado com a sua história e gostaria de convidar você para um café. Será que podemos debater mais sobre esse assunto algum dia? Eu sinto que tenho muito a aprender com você.

"Nossa. Que estranho."

Olho para os lados e volto a ler a mensagem.

"Márcia, Márcia, por que não? É alguém que está assistindo ao seu trabalho... Ok, vamos lá!"

Começo a digitar.

[19:32] Márcia: Oi, Carlos, tudo bem? Fico feliz que tenha gostado. Se quiser, podemos tomar um café no meio da semana, aqui do lado de casa. Eu te passo o endereço se puder ser assim. O que você acha?

"Será que eu fiz certo?"

[19:33] Carlos: Depois de amanhã às 16h?

"Minha nossa!"

[19:33] Márcia: Legal! Te mando o *link* em seguida. Até!

Envio o nome e o *link* do local e fico olhando o celular na minha mão.

— Eu que quase não saio de casa. É de casa para a fisio. Da fisio para casa.

"Vai ser bom fazer algo diferente."

CENA 34

Eu estou no café, sentada, aguardando o Carlos.

Depois de dezenas de trocas de e-mails, mensagens, áudios, fotos e vídeos.

Aprecio o movimento, o ar fresco e o balanço de algumas árvores na rua.

Uma moça se aproxima.

— A senhora quer fazer o pedido?

— Me traz um capuccino, por gentileza.

— Claro.

Está um dia lindo lá fora.

Respiro profundamente, fechando os olhos alguns segundos.

Agora, um rapaz se aproxima.

— Márcia?

— Carlos?

— Eu!

Risos.

Ele me dá um beijo no rosto e senta-se à minha frente.

— Obrigado por aceitar o convite.

— Obrigada por me convidar.

Risos novamente.

Eu, sem querer, acabo olhando para a minha mão direita, imóvel sobre a mesa e sinto a rigidez com que fiquei na articulação.

"Que vergonha."

— Você é linda, Márcia!

— Oi?

— Você é linda!

Ele fica sorrindo para mim, de orelha a orelha.

Eu me sinto sem graça.

— Carlos... eu estou um pouco confusa.

— Qual a dúvida, Márcia?

— Bom, é que...

Ele me encara sorrindo, com uma força que sinto de longe.

— Márcia...

Eu paro de tentar falar e fico olhando.

Ele pega na minha mão imóvel.

"Ahhhhhhhhhh."

— Eu vim aqui porque estou interessado em você.

"Oi?"

— Mas como assim?

Ele acaricia minha mão e eu fico olhando, sem reação.

"Tudo tão rápido assim?"

Eu me percebo de boca aberta.

— Eu me apaixonei pela sua história de vida, Márcia, pela sua força, pelo que você pensa, pelos valores que você tem.

— Mas a gente está se conhecendo agora, Carlos.

Sinto-me sem ar.

— Eu já conheço você há meses, vejo você nos vídeos todos os dias. Sei quem você é.

Ele continua acariciando a minha mão.

Eu olho esse carinho e sinto seu toque de uma forma que nunca senti antes em toda a minha vida.

Gaguejando, respondo.

— Você é mais novo do que eu, Carlos.

— E daí? Você não ia dar bola para uma bobagem dessas, que eu sei.

— Não. É que...

Eu não sei o que dizer e me pego novamente boquiaberta, olhando para ele e sua mão acariciando a minha.

— Eu não sei o que dizer, Carlos.

A garçonete se aproxima.

"Ufa, uma pausa!"

— O senhor quer fazer o pedido?

Ela anota os pedidos, enquanto eu me sinto atônita e quase sem chão.

"Mas é uma sensação boa."

A moça sai.

— Você tem uma história surpreendente, Márcia. É incrível o salto profissional que você deu depois da sua cirurgia e esses probleminhas com que você ficou.

Eu olho para a minha mão um pouco rígida e a bengala ao meu lado.

"Probleminhas?"

— Você é linda, Márcia, uma pessoa incrível.

— Você não se incomoda com os meus... é... probleminhas?

Ele ri.

— Márcia?

Eu fico olhando.

— É claro que não.

Ele ri e continua conversando.

Eu suspiro, olho para o céu do lado de fora por um instante e sinto uma paz enchendo o meu peito.

"Talvez eu deva só sentir de onde vem essa paz, meu Deus?"

CENA 35

Depois de algumas semanas me encontrando com o Carlos, conversas intermináveis por telefone e alguns beijos, eu o convidei para passar o primeiro fim de semana em casa.

"Como é bom estar apaixonada outra vez, meu Deus..."

Estamos tomando um vinho à luz de velas, sentados um de frente para o outro no meio da sala.

Está frio e o clima romântico é bem propício.
Eu suspiro.
— Márcia.
Carlos coloca a taça de vinho ao lado, sobre uma mesa.
Eu apenas encaro seus olhos e seu sorriso de menino.
— Eu tenho uma pergunta importante para você.
— Uma pergunta?
"Ai, meu Deus. O que pode ser?"
Minha respiração acelera.
Tomo um gole da minha taça.
— Quer namorar comigo?
Eu rio.
"Como assim? Pedido de namoro hoje em dia?"
— Oi?
— Namora comigo!
Eu fico sorrindo, sem saber o que dizer.
Meu coração está aos pulos.
Carlos se aproxima e me beija demoradamente.
"Uau."
— Olha aqui.
Ele me encara e eu fico olhando, sem dizer nada.
— Eu quero que você fique em pé, feche os olhos e segure minha mão.
Eu me levanto e faço o que ele pede.
Respiro profundamente, tentando manter a calma e naturalidade.
Agora estou em pé, de olhos fechados e seguro sua mão.

— Eu vou te fazer duas perguntas. E, no final da segunda, se você não tiver certeza de que eu sou o amor da sua vida, eu vou pegar as minhas coisas e ir embora.

Eu rio.

— Quanto drama, Carlos.

Ele ri.

— Não estou entendendo muito bem, Carlos.

— Não se preocupe em entender, Márcia. Apenas sinta.

Sinto um arrepio por todo o meu corpo.

— Primeira pergunta...

Eu respiro fundo. E ouço.

— Você quer namorar comigo?

Eu abaixo a cabeça e rio. Levanto o rosto e respondo.

— Quero.

Eu o ouço encher os pulmões.

— Segunda pergunta...

Silêncio.

Um vento forte abre a janela da sala e me faz sentir uma brisa gostosa batendo em meu rosto.

Ainda assim, eu não abro os olhos.

Sinto um cheiro de mato e natureza no ar, que me faz lembrar alguma coisa, mas não sei o que é.

— Segunda pergunta...

Ele repete e eu espero.

Uma sensação me invade, uma lembrança viva.

— E o que mais?

"Ahhhhhhhhhhhhhhhhhhh."

Um grito se faz dentro e fora de mim.

Eu abro os olhos e começo a gritar e andar em volta de mim mesma.

— Eu me lembro! Eu me lembro! Carlos!

— O que, Márcia?

— O meu pai! Eu me lembro! Eu me lembro!

— O que tem seu pai, Márcia?

Eu ando de um lado para o outro.

— Eu lembrei de tudo, Carlos, de tudo. Da cirurgia.

— O que tem a cirurgia, Márcia?

Eu ponho a mão no coração e busco um lugar para me sentar.

Carlos me olha de boca aberta e assustado.

Eu sinto o ar faltar, o coração acelerar, o chão desaparece.

— O meu pai, Carlos, o meu pai!

— O que está acontecendo, Márcia?

Todas as memórias do momento da cirurgia vêm à tona, como uma avalanche de boas lembranças e sensações.

— Meu pai, Carlos, meu pai!

Eu fecho os olhos, já sentada no sofá e ergo o rosto para cima, de olhos fechados.

— Eu me lembro, eu me lembro.

Carlos sai correndo, pega um copo com água sobre a mesa e me o traz.

— Márcia, toma, bebe um pouco de água.

Eu bebo e devolvo o copo.

— O meu pai, Carlos, o meu pai.

— Calma, Márcia. Respira.

Eu respiro fundo e fecho os olhos.

Controlo aos poucos a minha emoção e a minha respiração.

— Eu vou te contar, Carlos, eu vou te contar. Espera...

De olhos fechados, revivo cada momento.

Ele na sala de cirurgia, na fábrica, no carro velho, na nossa casa, no seu velório, nos meus apartamentos, na pousada, no meu trabalho, na faculdade, na fazenda, no Chile... em todos os lugares.

"Oh, meu Deus. Obrigada por me permitir lembrar!"

Eu abro os olhos e vejo o Carlos à minha frente.

Eu passo a mão em seu rosto.

— Ele me disse, Carlos, ele me disse.

— O que ele te disse, Márcia?

Eu rio.

— Que no momento certo eu iria me lembrar.

— E o que mais?

Carlos me olha, sem saber o que dizer.

— Carlos, por que você me perguntou "e o que mais?"

— Eu queria que você me dissesse o que vem depois do namoro, o que você deseja.

— É isso, Carlos. O meu pai me perguntava o tempo todo "e o que mais?"

— Perguntava?

— Perguntava.

Eu me sinto extremamente emocionada.

Sinto como se meu pai estivesse aqui.

"Está aqui, pai?"

Olho ao meu redor, me sentindo feliz e agradecida, acreditando que ele esteja, sim, aqui.

Volto os olhos para o Carlos e suspiro.

— Sabe o que isso significa, Carlos?

— Não.

— Que você é o momento certo.

Ele sorri e pega na minha mão.

— É?

— É, Carlos.

Ele sorri, me beija várias vezes na bochecha.

— Isso é um sim?

Eu rio.

— Sim! Sim! Sim!

Ele ri, me beija de novo várias vezes e pergunta:

— E o que mais?

— Tudo, "E-o-que mais"! Tudo!

Eu o abraço, fecho os olhos e reverencio internamente.

"Obrigada, pai".